나는 다시는 세상을 보지 못할 것이다

나는 다시는 세상을 보지 못할 것이다

✱

아흐메트 알탄 지음

고영범 옮김

서문

    내가 아흐메트 알탄Ahmet Altan을 처음 만난 건 2014년, 이스탄불에서 있었던 한 모임에서였다. 이 도시는 이미 오래전부터 내게 특별한 곳이었다. 나는 삼십 년 전에 보스포루스다리의 그늘이 드리워진 오르타퀘이사원 옆 작은 카페에서 민트 티를 마시는 동안 훗날 나와 결혼하게 될 한 여인과 사랑에 빠졌다. 2014년 봄, 아흐메트는 언론 자유를 위해 일하는 그룹 P24가 저명한 터키 언론인 메흐메트 알리 비란드Mehmet Ali Birand를 추념해서 조직한 강좌의 첫 번째 연사였다. 이 강좌는 이제 연례행사가 되었다. 나는 아흐메트의 강연을 감명 깊게 들었고, 그 즉시 그를 좋아하게 됐다. 그는 열정과 용기, 지적인 태도와 유머를 갖춘 채 제대로 된 사회에서의 작가의 위치에 대해 말했다.

우리는 곧 친구가 됐고, 런던과 이스탄불에서 자주 만나면서 교류를 이어갔다.

아흐메트와 내가 처음 만난 지 사 년이 지난 2018년 봄, 나는 그가 강연했던 연례 강연의 연사로 초대받았다. 장소는 유럽 대륙 쪽 이스탄불✦의 베욜루에 위치한 아주 근사한 19세기식 스웨덴 총영사관 건물로, 아흐메트가 강연했던 바로 그곳이었다. 아흐메트도 초대받았지만 참석할 수 없었다. 그때 그는 이미 오백구십 일째 감옥에 수감된 상태였기 때문이다. 그의 죄목은 무엇일까? 한 텔레비전 프로그램에 출연해 2016년에 일어났다가 실패한 쿠데타 이후의 양상에 대해 별로 위협이 될 것도 없는 이야기를 몇 마디 했을 뿐인데, 이걸 두고 레제프 타이이프 에르도안Recep Tayyip Erdoğan 정부가 반역이라고 해석한 것이다.

에르도안 대통령의 이런 강도 높은 탄압으로 인해 터키는 '국경없는기자회'가 발표한 세계언론자유지수에서 최하위권으로 떨어졌다. 앞으로 다가올 일련의 선거에서 에르도안 대통령의 지위가 불안해질 거라는 전망이 있었지만 여전히 상황은 좋지 않았고, 심지어 악화될 것처럼 보였다. 경제는 침체 상황에서 벗

✦   이스탄불은 보스포루스해협을 가운데에 두고 유럽과 아시아 두 대륙에 걸쳐 있다.

나는 다시는 세상을 보지 못할 것이다

어나지 못하고 있었고, 관광객들은 터키로부터 거리를 두고 있었다. 2018년 봄의 그날 밤, 스웨덴 총영사관의 분위기는 비장한 결의에 차 있었다.

내 강연에는 아직 체포되지 않고 남아 있던 작가들과 언론인들이 참석했다. 그해 4월에 체포되어 테러 혐의로 칠 년 반을 선고받았지만 항고심이 열릴 때까지 보석으로 풀려나와 있던 줌후리예트Cumhuriyet 신문의 무라트 사분주Murat Sabuncu 편집장이 재판 진행 과정을 소개했다. 그의 연설은 이미 체포된 많은 언론인들에 대한 감동적인 헌사였다.

나는 내 강연을 아흐메트에게 헌정했다. 나는 법률가와 작가 사이의 접점에 대해 설명하면서 "우리는 말이 어떻게 다른 방식으로 해석되는 경향이 있는지 알고 있으며, 바로 그것이 말의 아름다움이자 위험성이기도 하다는 것 또한 알고 있습니다"라고 말했다. "나의 친애하는, 이 자리에 없는 친구" 아흐메트가 한 위험한 말들은 판사들로 하여금 당시 예순여덟 살이었던 그가 여생을 감옥에서 보내도록 판결하게 만들었다. 아흐메트는 그렇게 언도를 받고 난 뒤, 감옥에서 〈뉴욕타임스〉에 보낸 편지에서 "우리는 절대 사면되지 못할 것이며, 우리는 감방 안에서 죽을 것입니다"라고 썼다.

그다음 날을 나는 아흐메트의 가까운 친구이자 P24의 운영자인 야스민 총가르Yasemin Congar와 함께 보냈다. 우리는 차로 두 시간 거리에 있는 실리브리의 최고 보안 감옥에 찾아갔다. 아흐메트가 그의 동생 메흐메트와 함께 수감돼 있는 곳이었다. 경제학자인 메흐메트는 삼십 년 동안 근무한 이스탄불대학교에서 해직됐다. 야스민은 아흐메트와의 면회를 허락받지 못했고—그녀에게는 이 주에 한 번, 십 분씩의 전화 통화만 허용되었다— 그건 외국인도 마찬가지였다. 나는 아흐메트를 면회한 첫 번째 사람이었는데, 그건 내가 스트라스부르에 위치한 유럽인권재판소에서 이 형제의 변호사로 활동하고 있었기 때문이다.

　교도소는 만천 명에 달하는 죄수를 수용한 거대하고 으스스한 건물이었다. 나는 터키인 변호사의 동행하에, 최소한 여덟 번의 보안 검색을 거친 뒤 미니버스에 실려 9번 구역으로 보내졌다. 나는 신체 검색에서는 제외됐지만 안구 스캔은 받아야 했다. 그들의 '시스템'에 등록하기 위해서라고 했다. 교도관 중 우호적이었던 한 사람은 우리와 축구에 대해 이야기하고 싶어 했다. 우리는 아르센 벵거와 메수트 외질(이자는 슬프게도, 그로부터 얼마 지나지 않아 에르도안 대통령에게 아스널 셔츠를 건네주는 사진을 찍었다)에 대해, 그리고 터키인이라는 말이 갖는 의미에 대해서도 짧지만 즐거운 대화를 나눴다. 그는 그 교도소에서 사 년을 일했는데, 그전까지는 외국인을 만난 적이 없다고 했다. "선생님이 처음입니다." 그가 미소를 지으면서 말했다.

나는 먼저 메흐메트를 만났다. 상냥하고 부드럽고, 풍성한 칼 마르크스 수염에 반짝거리는 눈을 지닌 이였다. 메흐메트는 불어로 대화하게 돼서 매우 신난 것 같았다. 그는 세계화며 영국의 러다이트운동에 대해 다양한 생각을 들려주며 나를 놀라게 했는데, 이제 그 책을 쓸 수 있는 충분한 시간이 생긴 셈이었다. 메흐메트는 두 사람과 감방을 같이 쓰고 있었는데, 그중 하나는 그의 예전 제자였다. 그는 현재 자신이 처한 상황, 그리고 앞으로 남은 생애를 감옥에서 보내게 될지도 모른다는 생각에 착잡한 상태였다. 그는 종신형이란 "끝나지 않는 시간 속에서 시계 없이 사는 것과 같은 일"이라고 말했다(메흐메트는 삼 개월 뒤인 2018년 여름에 석방되었다).

메흐메트가 자리를 떴다. 그 자리에서 기다리고 있으니 아흐메트가 유리판으로 가로막힌 그 방으로 들어왔다. 몸 상태가 좋아 보였다. "역기를 들죠!" 그가 껄껄 소리 내어 웃었다. 우리는 주어진 삼십 분의 대부분을 크게 웃으면서 보냈다. "아니에요." 아흐메트는 터키가 아직 완전히 바닥을 친 건 아니라고 말했다. "우리 민족은 번지점프를 하는 사람들 같아요. 바다에 떨어지기 직전에 어떻게 해서든 다시 튀어 올라오죠." 우리는 음식, 정치, 런던에 있는 내 집 정원의 잔디 상태, 내 이웃들, 그리고 지난 1998년 가을에 피노체트의 체포 영장에 서명한 영국의 치안판사에 대해 이야기했다. 아흐메트는 독립적으로 판단하는 판사에 의해 정의가 수호된다는 아이디어에 대해 다시 한번 경탄해 마지않았다. "기적이죠." 그가 말했다.

독자들에게 알리고 싶은 게 있다면? 내가 물었다. 우리는 그에게 선고를 내린 판사, '부어오른 눈꺼풀'의 사내에 대해 이야기했다. 아흐메트는 내가 판사들, 특히 덜 독립적인 종류의 판사들에 대해 흥미를 갖고 있다는 걸 알고 있었다. 나중에 나는 타당한 이유 없이 아흐메트에게 종신형을 선고한 판사의 이름이 케말 셀추크 알친이라는 걸 알게 됐다.

"그자와 눈이 마주쳤어요?" 나는 물었다.

"딱 한 번요. 지금은 내가 힘을 가진 사람이야. 그리고 내가 행사할 수 있는 이 힘으로 너를 짓뭉개버릴 것이다. 그자의 눈이 그렇게 말하고 있더군요." 아흐메트가 말했다.

우리는 기적적으로 당신의 손에 도달했고, 지금 당신이 막 읽으려던 참인 이 놀라운 그의 옥중수기《나는 다시는 세상을 보지 못할 것이다》에 대해서도 이야기를 나누었다. "어느 작가라도 감옥에서 시간을 보내기 위해 수행하게 되는 통과의례." 아흐메트는 그렇게 말했다. 그리고 이렇게 덧붙였다. "그리고 너, 너는 절대로 진짜 작가는 되지 못할 것이다!" 우리는 다시 크게 웃음을 터뜨렸다.

날조된 죄목에 의해 남은 생을 감옥에서 보내도록 선고받았지만, 여전히 그것을 일소에 부칠 여유를 잃지 않은 작가와 약간의 시간을 보내는 건 놀라운 일이었다. 그에 더해, 이런 끔찍한 상황 위로 솟아오른 아흐메트 알탄과 그가 보여준 인간 정신의 위대함을 통해 전혀 예상하지 못했던 고양된 감정을 품고 실리브리의 교도소를 나서게 된 건 전혀 다른 차원의 경험이었다.

2018년 9월 27일
런던
필립 샌즈

차례

*

영문 옮긴이의 글

이 책에 수록된 글들은 2017년 11월부터 2018년 5월에 걸친 칠 개월 동안 한 편씩 한 편씩 내게 전달되었다. 그것들은 아흐메트가 실리브리교도소로 자신을 방문한 변호사들에게 건넨 개인적인 메모들 사이에 끼여 왔다.

각 에세이는 하얀 종이에 파란색 잉크의 손 글씨로 쓰여 있었다. 나는 매 편을 읽은 뒤, 한 번을 더 읽고, 북받쳐 오르는 감정을 억누르려고 무진 애를 쓰면서 바로 타이핑을 해 내 컴퓨터로 옮겼다. 일단 컴퓨터로 옮겨놓고 나면 즉시 번역을 시작했다. 글을 컴퓨터에 입력하자마자 앉은 자리에서 바로 번역하는 과정에서 나는 아흐메트가 겪은 일들 속으로 빠져들게 되었고, 그를 만날 수 있는 상황이 아니었음에도 그의 용기와 힘을 고스란히

14

나는 다시는 세상을 보지 못할 것이다

느낄 수 있었다.

이 책에서 아흐메트는 다른 작가들의 글을 광범위하게 인용한다. 교도소 안에서는 그 책들을 접할 수 없었기 때문에 대부분의 경우 기억에 의존하고 있다. 그의 인용문은 원전과 자구 그대로 완전히 똑같지는 않지만 나는 아흐메트가 기억해서 인용한 것들, 그가 그 자료들로부터 시공간적으로 멀리 떨어진 감방에서 지내는 동안 그의 마음속에서 재구성해낸 문장 그대로를 존중하기로 했다. 이 인용구들은 이탤릭체로 표기했고 따로 출처를 표기하진 않았다.✦ 아흐메트가 교도소에서 읽은 책에서 따온 문구의 경우에는 같은 페이지에 출처를 표기했다.✦✦

야스민 총가르

✦ 한국어판에서는 해당 인용구를 큰따옴표로 묶어 표시하였다.
✦✦ 역시 한국어판에서는 해당 인용구를 인용문 스타일을 적용하되 별도의 페이지 출처는 표기하지 않았다.

문장 하나

나는 자리에서 일어났다. 초인종이 울리고 있었다. 옆에 놓인 디지털시계를 봤다. 숫자는 05:42에서 깜빡거리고 있었다.

"경찰이군." 내가 말했다.

이 나라의 모든 반체제 인물들이 그렇듯이, 나는 새벽에 초인종이 울릴 거라는 걸 염두에 두고 잠자리에 들곤 했다.

언젠가는 그들이 찾아오리라는 걸 알았다. 지금이 그때였다.

나는 경찰이 들이닥칠 경우, 그리고 그 후에 벌어질 일들에 대비하는 의미에서 작은 가방에 옷을 한 벌 챙겨두기까지 했다.

허리춤에 묶는 줄이 있어 따로 벨트가 필요 없는 헐렁한 검은색 리넨 바지와 검은 발목 양말, 부드러운 재질의 편안한 트레이닝복, 밝은색 면 티셔츠, 그리고 그 위에 걸칠 짙은 색 셔츠.

나는 이 '피습용 복장'을 갖춰 입고 문으로 갔다.

문구멍을 통해 내다보니 여섯 명의 경찰이 문 앞에 서 있는 게 보였다. 가슴에 'TEM'이라는 약어가 크게 찍혀 있는, 대테러부대가 사람들의 집에 들이닥칠 때 입는 조끼를 차려입고 있었다.

나는 문을 열었다.

"여기 수색 및 체포 영장이 있소." 그들이 문을 열어놓은 채 들어오면서 말했다.

그자들은 나와 같은 건물에 살고 있는 내 동생 메흐메트 알탄에 대한 체포 영장도 갖고 있다고 말했다. 체포 팀이 메흐메트의 문 앞에서 기다렸지만 아무도 대답을 하지 않더라고 했다.

몇 호에 간 거냐고 물어봤더니, 알고 보니 그들은 엉뚱한 집 초인종을 누른 거였다.

나는 메흐메트에게 전화를 걸었다.

"손님 오셨다. 문 열어드려."

전화를 끊는데 경찰관 한 사람이 오더니 내 전화를 향해 손을 내밀었다. 그는 "이리 주시오"라고 말하고는 갖고 갔다.

그 여섯 명은 내 아파트 안으로 흩어지더니 수색을 시작했다.

막 동이 트고 있었다. 해가 언덕 뒤에서 올라오면서 자주색,

진홍색, 그리고 연보랏빛의 광선이, 마치 흰 장미의 꽃잎이 벌어질 때처럼 하늘을 가로질러 퍼져 나갔다.

내 집 안에서는 어떤 일이 벌어지는지 모르는 채, 평화로운 9월의 아침이 깨어나고 있었다.

경찰들이 내 아파트를 뒤지는 동안 나는 주전자를 올려놨다.

"차 한 잔 하시려오?" 내가 물었다.

그들은 사양했다.

"이건 뇌물이 아니오." 나는 작고하신 아버지 흉내를 내면서 말했다. "좀 드셔도 됩니다."

정확히 사십오 년 전, 딱 오늘 같았던 어느 날 아침, 그들이 우리 집에 들이닥쳐서 아버지를 체포해 갔다.

아버지는 그들에게 커피를 마시겠느냐고 물었다. 그들이 거절하자 아버지는 웃으면서 이렇게 말씀하셨다. "이건 뇌물이 아니오. 좀 마셔도 됩니다."

내가 경험하고 있는 건 데자뷔와는 달랐다. 현실 그 자체가 되풀이되고 있었다. 이 나라는 너무나 천천히 역사 속을 움직여 가는 나머지, 시간은 앞으로 나아가는 대신 스스로를 반복하는 것이다.

사십오 년이 지났지만 시간은 그때와 같은 아침으로 되돌아왔다.

사십오 년 동안 지속된 두 아침 사이의 공간에서 내 아버지는 세상을 떠났고 나는 늙었지만, 새벽녘의 느닷없는 습격은 변하지 않았다.

메흐메트가 볼 때마다 마음을 푸근하게 만들어주는 미소를 만면에 띤 채 열려 있는 현관문 옆에 모습을 드러냈다. 그는 경찰들에게 둘러싸여 있었다.

우리는 작별 인사를 나누었다. 경찰들이 메흐메트를 데리고 갔다.

나는 차를 한 잔 따랐다. 그릇에 뮤즐리*를 담고 그 위에 우유를 부었다. 나는 안락의자에 앉아 차를 마시고 뮤즐리를 먹으면서 경찰이 수색을 마치길 기다렸다.

아파트는 조용했다.

경찰이 물건들을 옮기면서 내는 것 이외엔 그 어떤 소리도 들리지 않았다.

그들은 두꺼운 비닐봉지에 이십 년은 된 내 노트북 컴퓨터를 집어넣었다. 그걸로 소설을 몇 편 썼기 때문에 차마 버리지 못하

✦   곡식, 견과류, 말린 과일 따위를 섞은 아침용 시리얼의 일종.

나는 다시는 세상을 보지 못할 것이다

고 있던 물건이었다. 그리고 오래전부터 쌓여온 구식 디스켓들과 내가 요즘 사용하고 있는 노트북 컴퓨터도 집어넣었다.

"갑시다." 그들이 말했다.

나는 그새 갈아입을 속옷과 책 몇 권을 더 집어넣은 가방을 집어 들었다.

우리는 건물을 나섰다. 문 앞에서 대기하고 있던 경찰차에 올랐다.

나는 자리에 앉아 가방을 무릎 위에 올려놨다. 문이 닫혔다.

죽은 자는 자기가 죽은 줄을 모른다고들 한다. 이슬람교 신화에 의하면 시신이 무덤 안에 놓여 그 위로 흙이 뿌려지고 장례식에 모였던 사람들이 흩어지면 죽은 자 역시 집에 가기 위해 자리에서 일어난다고 한다. 그러다가 관 뚜껑에 머리를 부딪히고 나서야 자기가 죽었다는 사실을 깨닫는다는 것이다.

차 문이 닫힐 때, 내 머리가 관 뚜껑에 부딪혔다.

나는 그 차의 문을 열고 밖으로 나갈 수 없었다.

나는 집으로 돌아갈 수 없었다.

나는 두 번 다시는 내가 사랑하는 여인에게 입 맞출 수 없을 것이고, 내 아이들을 안을 수도 없을 것이고, 친구들을 만날 수도 없을 것이고, 거리를 걸을 수도 없을 것이다. 들어앉아 글을 쓸 방도, 글을 쓸 기계도, 찾아갈 도서관도 없을 것이다. 바이올린 콘체르토를 듣거나 여행을 가거나 서점을 둘러보거나 하는 일도 불가능할 것이며, 빵집에서 빵을 사거나 바다나 오렌지 나무를 쳐다보거나 꽃의 향기, 잔디, 비, 그리고 땅의 냄새를 맡지도 못할 것이다. 나는 영화관에도 가지 못할 것이다. 소시지를 곁들인 계란을 먹거나 와인을 한 잔 마시거나 식당에 가서 생선을 주문하는 일도 하지 못할 것이다. 해가 뜨는 광경을 보는 것도 불가능할 것이다. 누군가에게 전화를 거는 일도 하지 못할 것이다. 누구도 내게 전화를 걸지 못할 것이다. 내 손으로 문을 여는 것도 불가능할 것이다. 다시는 커튼이 드리워져 있는 방에서 깨어나지 못할 것이다.

심지어 나의 이름도 바뀔 것이다.

아흐메트 알탄은 지워지고, 그 대신 공식 문서에 등록돼 있는 아흐메트 후즈레프 알탄이 그 자리를 차지하게 될 것이다.

그들이 내 이름을 물을 때, 나는 "아흐메트 후즈레프 알탄"이라고 대답하게 될 것이다. 그들이 내가 사는 곳을 물을 때, 나는 내 수감 번호를 대게 될 것이다.

지금 이 순간부터 내가 뭘 해야 할지, 어디에 서 있어야 할지, 어디에서 잘지, 몇 시에 일어날지, 내 이름이 무언인지를 결정하

나는 다시는 세상을 보지 못할 것이다

는 건 다른 사람들의 일이 될 것이다.

나는 항상 명령을 받게 될 것이다. '멈춰', '걸어', '들어가', '팔 올려', '신발 벗어', '입 다물어.'

경찰차가 속도를 올리고 있었다.

그날은 열이틀 동안 이어지는 종교 축일의 첫날이었다. 나의 체포를 명령한 검사를 비롯해서, 시내에 사는 거의 모든 이들이 휴가차 도시를 비웠다.

거리는 텅 비어 있었다.

내 옆자리에 앉은 경찰관이 담배를 피워 물더니 내게도 담뱃 갑을 내밀었다.

나는 웃으면서 고개를 저었다.

"나는 말이죠." 내가 말했다. "불안할 때만 담배를 피웁니다."

저 문장은 도대체 어디에서 나온 걸까. 내 마음속 어디에서도 저런 선언을 택한 적이 없다. 저 문장은 그것이 선언하는 바와 현실 사이에 도저히 메꿀 수 없는 거리를 설정해놓고 있다. 저 문장은 내가 타고 있는 자동차의 문조차 열 수 없고 자신의 미래를 결정지을 권리도 모두 잃어버리고 이름조차 바뀐 한 마리의 가련한 벌레로 변신해가는 그 순간에도, 자신이 독거미의 거미줄에 걸려든 벌레가 되었다는 현실을 무시하고, 비웃고 있었다.

지 문장은 마치 내 안에 있는 어떤 사람이, 내가 기꺼이 '나'라고 부를 수 있는 존재는 아니지만 그럼에도 불구하고 내 목소리로 말하는 누군가가, 내 입을 통해서, 그러므로 그 존재는 나의 한 부분일 텐데, 경찰차에 갇힌 채로 철창으로 실려 가는 동안에 자기는 오직 '불안'할 때만 담배를 피우노라고 말한 것이다.

그 문장 하나가 순식간에 모든 것을 바꿔버렸다.

그것은 마치 사무라이의 칼이 단 한 번의 움직임으로 허공에 던져진 실크 스카프를 두 조각으로 가른 것처럼 현실을 둘로 갈라버렸다.

현실의 한쪽에는 살과 뼈, 피, 근육, 그리고 신경으로 이루어진 갇혀 있는 몸이 있었다. 다른 한쪽에는 몸에는 아무 관심이 없고 앞으로 일어날 일을 조롱하고 있는 정신이 놓여 있었다. 이 정신은 저 높은 곳에 서서 몸에 무슨 일이 벌어지고 있고, 앞으로 어떤 일이 벌어질지를 내려다보면서 자신은 애당초 불가침의 존재이므로 따라서, 누구도 자신을 건드리지 못할 거라고 믿고 있었다.

나는 갈리아의 대군이 알레시아를 수복하기 위해 몰려오고 있다는 소식을 듣고 두 개의 장벽을 세운 율리우스 카이사르와도 같았다. 카이사르가 세운 두 겹의 장벽 중 하나는 안에서 밖

나는 다시는 세상을 보지 못할 것이다

으로 빠져나가는 걸 막기 위해 쌓은 것이고, 다른 하나는 밖에서 안으로 들어오는 걸 막기 위해 병영을 둘러싸고 쌓은 것이다.

나의 두 장벽은 하나의 문장으로 만들어졌다. 이 문장은 치명적인 위협이 안으로 들어오는 걸 방지하는 동시에 내 마음 저 깊은 곳 구석에서 쌓여가는 근심이 빠져나가는 걸 막아, 이 두 가지가 한데 합쳐져 나를 두려움과 공포로 무너뜨리는 걸 차단하는 역할을 했다.

내 삶을 송두리째 뒤집어엎을 수 있는 현실에 직면하게 되더라도 내가 그 끔찍한 현실에 투항해서 그 현실이 내게 요구하는 대로 따라가지 않는 한, 아무리 격류처럼 몰아치더라도 그 현실이 나를 쓸어 갈 수는 없다는 사실을 다시 한번 깨달았다.

끝도 없이 덮쳐 오는 이런 더러운 현실 앞에 던져졌을 때 그 것에 속수무책으로 희생당하는 자들은, 확언하건대, 현실의 흐름에 조응해 움직여야 한다고 믿는 소위 똑똑한 인간들이다.

우리를 둘러싼 어떤 사건, 위험, 현실은 우리에게 특정 종류의 행동과 말을 요구한다. 우리가 이미 설정되어 있는 이런 역할을 연기하는 걸 거부하고 그들이 예상하지 않았던 행동을 보여줄 때, 현실은 뒤로 물러선다. 우리의 완고한 저항의 방파제 같은 정신에 부딪힌 현실은 산산조각으로 부서진다. 우리는 그

때, 그 조각들을 그러모아 우리 정신의 안전한 항구 안에서 새로운 현실을 만들 수 있는 힘을 갖게 된다.

이때 요령은 그들이 예기치 않았던 행동을 하고, 예기치 못했던 말을 하는 것이다. 일단 운명의 창이 우리의 몸을 향해 겨눠지고 나면, 우리는 푸쉬킨의 단편 〈마지막 한 발〉에 등장하는 잊기 어려운 인물인 중위가 자신의 가슴에 총이 겨눠지는 순간 그랬듯이, 즐거운 마음으로 모자에 담긴 체리를 집어먹으면 된다.

보르헤스가 그랬듯이 강도가 "돈을 내놓을래 아니면 목숨을 내놓을래?" 하는 순간 "목숨"이라고 답하는 것이다.

그 순간 우리가 얻게 되는 권력은 무한대다.

나는 아직도 내가 어떻게 해서 내게 일어나고 있는 모든 일과 그것을 수용하는 내 감각을 변화시킨 그 문장을 중얼거리게 되었는지, 도대체 어디에서 그 문장이 나오게 된 건지 모르고 있다. 내가 알고 있는 것은 그 경찰차 안에서 자신은 오직 불안할 때에만 담배를 피운다고 말할 수 있었던 그 사람이 내 안에 숨어 있다는 사실뿐이다.

그 사람은 다양한 목소리와 웃음, 문단들, 문장들, 그리고 고통으로 이루어진 존재다.

만약 내가, 내 아버지가 사십오 년 전에 체포되어 경찰차에 실려 가면서 미소 짓고 있는 모습을 보지 못했다면, 고문하겠다는 위협을 받았을 때 자신의 손을 잉걸불에 집어넣어버린 카르타고의 사절에 대한 이야기를 아버지로부터 듣지 않았더라면, 세네카가 네로의 명령을 받아 들고 뜨거운 물을 채운 목욕탕에 들어앉아 친구들을 위로하면서 자신의 손목을 그었다는 사실을 알지 못했더라면, 생쥐스트가 단두대에 목이 달아나기 전날 밤, '상황은 무덤에 들어가는 걸 거부한 이들에게만 어려웠을 뿐이다'라고 편지에 쓴 것, 그리고 에픽테토스가 '우리의 육체가 노예가 되었을 때에도 우리의 마음은 자유롭게 남아 있을 수 있다'고 쓴 것을 읽지 않았더라면, 보에티우스가 그의 유명한 책을 감방에서 죽음을 기다리는 동안에 썼다는 사실을 몰랐더라면, 나는 그 경찰차 안에서 나를 둘러싸고 있던 현실을 두려워했을 것이다. 그 현실을 비웃고 조각조각 찢어버릴 힘을 찾지 못했을 것이다. 혹은 내 허파로부터 밀고 올라온 비밀스러운 웃음에 실려 입술을 통해 비어져 나온 그 하나의 문장을 중얼거리지도 못했을 것이다. 그러긴커녕 불안에 떨면서 겁을 집어먹었을 것이다.

그러나 내 안에 투사되고 있는 저 모든 위대한 선인들의 빛나는 그림자들로부터 탄생한 것이 분명한 누군가가 그 문장을 말하였고, 그렇게 그때 일어나고 있던 모든 일들을 변화시킬 수 있었다.

현실은 나를 정복할 수 없었다.

그 대신, 내가 현실을 정복했다.

햇볕을 받아 빛나는 거리를 속도를 내어 달리는 경찰차 안에서, 나는 내 무릎 위에 있던 가방을 바닥에 내려놓고는 편안한 마음으로 뒤로 기댔다.

우리가 보안부에 도착했을 때, 차는 입구의 매우 커다란 문을 지나 구불구불한 길로 들어섰다. 내리막길을 내려가는 동안 빛은 점점 더 적어졌고 어둠은 짙어졌다.

길모퉁이에서 차가 멈춰 섰고, 우린 차에서 내렸다. 우리는 문을 열고 거대한 지하 공간으로 들어갔다.

그곳은 지상에서 오가는 사람들에게는 전혀 알려지지 않은 지하 세계였다. 그 공간은 돌과 땀과 습기에서 나오는 악취가 풍겼다. 그곳에 들어간 사람들은 유황의 숲을 닮은 더러운 노란 벽을 따라 걷는 동안 세계로부터 폭력적으로 분리되었다.

알전구의 칙칙하고 거친 불빛 아래서, 모든 얼굴은 왁스로 만든 데스마스크처럼 창백해 보였다.

사복 차림의 경찰관들이 세계로부터 함부로 뜯겨져 나온 존재인 우리를 맞이하기 위해 기다리고 있었다. 그들을 지나자 복도는 안쪽 더 깊은 곳으로 이어졌다. 벽 아래쪽에는 해변으로 쓸려 온 난파선에 있던 형체 잃은 물건들을 담아놓은 것처럼 보이는 비닐봉지들이 쌓여 있었다.

경찰관들이 내 바지에 매여 있던 허리끈과 시계, 신분증 따위를 수거해 갔다.

빛이 닿지 않는 이 깊은 곳에서, 경찰은 그들의 몸짓과 말 하나하나를 통해 우리가 마치 구더기가 슬어 썩어버린 과일의 한 부분이라도 되는 것처럼, '살아있는 것들'의 세계로부터, 삶으로부터 우리를 도려냈다.

나는 끈을 제거한 신발을 신은 발을 질질 끌면서 한 경찰관을 따라 통로를 걸어갔다. 그 경찰관이 철문을 열었고, 우리는 좁은 복도로 들어섰다. 폭력적인 열기가 야수의 발톱처럼 나를 그러쥐었다.

철창 달린 유치장이 복도를 따라 줄지어 있었다. 방마다 바닥에 누워 있는 사람들로 가득 차 있었다. 길게 자란 수염, 피곤한 두 눈, 아무것도 신지 않은 발, 땀으로 범벅이 된 몸뚱이, 녹아 없어져버린 개인과 개인 간 경계선 같은 것들 때문에 그들은 움직이는 고깃덩어리가 되어 있었다.

그들은 호기심과 불안감을 담은 시선으로 나를 주시했다.

경찰관이 나를 그중 한 곳에 넣고 뒤에서 문을 잠갔다.

나는 신발을 벗고 다른 이들처럼 바닥에 누웠다. 사람들로 가득 찬 그 작은 유치장 안에는 서 있을 자리가 없었다.

불과 몇 시간 만에, 나는 다섯 세기를 가로질러 종교재판 시대의 지하 감옥에 도착했다.

나는 유치장 바깥에 서서 나를 지켜보고 있는 경찰관에게 미소를 지어 보였다.

외부의 시선으로 보자면 나는 공기도 빛도 없는 철창 안에 누워 있는, 늙고 수염이 허연 아흐메트 후즈레프 알탄이었다.

그러나 이것은 나를 이 안에 잡아 가둔 이들의 현실일 뿐이었다. 나 자신으로 말하자면, 나는 이미 바뀌었다.

나는 내 가슴에 총구가 겨눠진 상태에서도 즐거운 마음으로 체리를 먹고 있는 중위였다. 나는 강도에게 내 목숨을 가져가라고 말하고 있는 보르헤스였다. 나는 알레시아를 둘러싸는 장벽을 건설하고 있는 카이사르였다.

나는 불안할 때에만 담배를 피운다.

나는 다시는 세상을 보지 못할 것이다

유치장에서의 첫날 밤

나는 잠깐 졸았다. 눈을 뜨자 참모부 대령이 내 맞은편에 놓인 어린이용으로 보이는 작은 침대에서, 잠수함장이 바닥에 깔린 비닐 위에서 웅크린 채 자는 모습이 보였다.

동료들의 이름을 대라는 요구를 받고 있는 젊은 시골 교사는 작은 침대 두 개 사이에 자신의 기도용 양탄자를 펴놓고 예배를 시작하고 있었다.

유치장의 희미한 불빛 속에서, 나는 양탄자 위에 엎드려 있는 그의 모습─어두운 그림자─을 볼 수 있었다.

나는 스물네 시간 동안 거의 한숨도 자지 못했고, 극도로 피곤한 상태였다. 온몸의 뼈가 아팠다.

철창의 길고 검은 그림자가 우리의 가슴과 얼굴, 다리를 자르고 지나가면서 우리를 여러 조각으로 분리해놓고 있었다.

복도에서 들어오는 차가운 빛에 비친 두 대령의 맨발이 마치 여러 조각의 흰색 돌 같았다.

내 맞은편에 누운 대령이 잠결에 신음 소리를 냈다.

나는 우리 안에 갇혀 있었다.

이 눅눅한 희미함 속에, 이 희미함을 가르는 철창의 그림자 속에, 젊은 교사의 웅얼거리는 기도 소리 속에, 대령들의 빛나는 돌 같은 맨발들 속에, 건너편 유치장에서 들려오는 신음 소리 속에, 이 모든 것 속에, 죽음보다도 더 신경을 건드리는 어떤 것, 삶과 죽음 사이의 텅 빈 공간을 닮은 어떤 것, 그 두 상태 중 어느 것에도 도달하지 못하고 있는, 인간이 제거된 공허 같은 것이 있었다.

우리는 그 공허 속으로 실종된 존재들이었다.

어느 누구도 우리의 목소리를 들을 수 없었다. 어느 누구도 우리를 도울 수 없었다.

나는 삼면의 벽을 바라봤다. 벽들이 서서히 내게 다가오는 것 같았다.

느닷없이, 그 벽들이 다가와 우릴 눌러서 박살 낸 뒤 육식식물처럼 삼켜버릴지도 모른다는 느낌이 들었다.

나는 침을 삼켰다. 내 목구멍에서 비어져 나오는 고통스러운 신음 소리를 들었다.

무슨 일인가 일어나고 있었다.

유령들의 군대가 내 안을 휘젓고 다니는 것 같았다. 중국의 황제가 사후의 자기 육신을 지키기 위해 만들어놓은 그 유명한 토용 군대가 내 안에서 깨어나고 있는 것 같았다. 그들 각각은 서로 다른 두려움, 서로 다른 공포를 지니고 있었다.

나는 자리에서 일어나 벽에 등을 기대고 앉았다.

더운 공기가 털이 긴 짐승처럼 내 얼굴을 쓸어내렸다. 이마에서 땀이 흐르고 있었다. 숨을 쉬는 게 힘들었다.

방은 너무 좁고, 공기가 부족했다. 더 이상 그 방에서 견딜 수 있을 것 같지 않았다.

한순간, 자리에서 일어나 철창을 붙들고 "여기서 꺼내줘. 날 여기서 꺼내줘. 숨을 쉴 수가 없어"라고 소리 지르고 싶은, 참을 수 없는 충동이 일어났다.

내 몸은 나도 모르게 앞을 향해서 휘청거리며 나아가고 있었다. 끔찍했다.

나는 그렇게 하면 나 자신을 멈추기라도 할 수 있다는 듯이 두 주먹을 꽉 쥐었다.

나는 단 한 번 비명을 지름으로써 내 과거와 미래, 내가 가진 모든 것을 잃게 되리라는 걸 알고 있었지만, 벽들이 내게로 조여 오고 있는 그 우리 안에서 나가고 싶다는 충동 또한 거역하기 어려웠다.

소리를 지르고 싶다는 그 끔찍한 충동과 그렇게 소리를 지르는 순간 내 전 인생이 망가지게 될 거란 걸 알고 있는 데서 오는 압력이 두 개의 산처럼 충돌하면서 나를 압살하는 것 같았다.

내 내면에 균열이 일어나고 있었다.

젊은 선생이 일어서더니 두 손을 배 위에 모았다. 맞은편에 누워 있던 대령이 신음을 내면서 반대편으로 돌아누웠다.

나는 무릎 사이에 고개를 파묻고 팔을 둘러 무릎을 감쌌다.

시야가 흐릿해지고 있었고, 벽이 움직이고 있었다.

여기서 나가고 싶었다. 지금 당장 여기서 나가고 싶었다. 그러나 그게 불가능하다는 사실을 알고 있었기 때문에 바늘과 핀으로 뇌를 마구 찌르는 것 같았고, 수천 마리의 개미들이 뇌의 주름 사이로 기어 다니는 것 같았다.

내가 나 자신을 수치스럽게 만들 지점에 다가가고 있다는 사실을 깨닫게 되면서 두려움은 점점 더 깊어졌다.

내 앞에 두 개의 눈이 나타났다. 차갑고, 잔인하고, 거의 적대

나는 다시는 세상을 보지 못할 것이다

적인 감정을 지닌 두 눈, 유리처럼 빛나는, 숲속에서 나뭇잎을 밟으며 먹잇감을 추적하는 늑대의 눈 같은. 그 두 눈은 내 안에 있으면서 나의 모든 움직임을 지켜보고 있었다.

나는 젊은 시절 이런 순간들을 겪은 적이 있다. 광기로 넘어가는 지점에서 서성거리던 순간들. 난 거기서 살아남았다. 나는 여기서 돌아서야 한다는 걸 알고 있었다. 여기서 한 걸음 더 내디딘다면 나는 돌아올 수 없는 선을 넘게 될 것이었다.

허파가 목구멍까지 밀고 올라와 숨구멍을 틀어막았다.

젊은 교사가 다시 한번 기도용 양탄자 위에 엎드렸다.

그는 읊조리며 기도하고 있었다.

그 또한 구원을 빌고 있었다.

바닥에 누운 대령은 잠 속에서 신음을 흘리고 있었다.

나는 내 폐를 다시 제자리로 내려 보내기 위해 숨을 깊이 들이마셨다. 내 옆에 놔둔 플라스틱 병에 든 따뜻한 물을 마셨다.

나는 죽음을 생각했다.

죽음이라는 가능성을 본능적으로 붙들고 있으려 노력했다. 죽음의 영원성은 삶의 가장 끔찍한 순간들조차 사소한 것으로 만들어버리는 힘을 갖고 있다.

죽어버릴 수도 있다는 생각은 마음을 가라앉히는 효과가 있었다. 죽음을 앞둔 인간은 삶이 드러내는 이런저런 문제들을 두려워할 필요가 없다.

누구나 그렇듯이, 나 역시 하잘것없는 인간이고, 내가 살아온 과정이라는 것 역시 하잘것없었고, 이 철창 속의 우리 역시 아무런 의미가 없고, 내가 방금 만났던 마귀 역시 마찬가지였다.

나는 나의 죽음에 단단하게 매달렸다. 그것이 나를 진정시켰다.

젊은 교사는 그의 고개를 먼저 오른쪽으로, 그리고 왼쪽으로 돌려 천사들을 축복하고는 기도를 마쳤다.

그리고 돌아서서 나를 봤다.

우리의 눈이 마주쳤다.

나로서는 그 이유를 알 수 없는, 마치 부끄러워하는 듯한 미소가 그의 얼굴에 떠올랐다.

그는 두 개의 어린이용 침대 사이에서 어렵게 몸을 움직여서, 바닥에 놓인 비닐을 씌운 고무판 위에서 자고 있는 대령의 옆에 누웠다.

이제 그의 맨발이 대령의 그것 옆에 나란히 놓였다.

철창의 그림자가 마치 검은 면도날처럼 그의 발목을 끊었다. 아무것에도 붙어 있지 않은 두 개의 발이 내 눈에 들어왔다.

나는 언젠가는 죽을 것이다.

내가 살아온 과정은 별 의미 없는 하찮은 것이었다.

내 안에 들어 있던 두 눈이 감겼다. 늑대는 사라졌다.

나는 내 정신을 놓지 않을 것이다.

폭염이 닥쳐서 나락에 불이 붙게 되면, 사람들은 불이 붙은 곳 주위로 원을 그리고 불이 거기까지 번지기 전에 그 원 선상에 있는 곡식에 불을 놓는다. 불길은 그 자리에 도달하면서 멈추게 된다. 더 이상 태울 것이 남아 있지 않기 때문이다. 사람들은 불을 끄기 위해서 불을 지른다.

나는 이 유치장 안에 갇혀 있는 삶에 붙은 공포의 불을 끄기 위해 그 주위를 빙 둘러서 죽음이라는 불을 질렀다.

나는 앞으로의 내 삶이란 이런 일련의 맞불 지르기가 되리라는 사실을 알게 됐다. 나는 나를 가둔 자들이 붙인 불을 끄기 위해 내 마음에서 지른 불로 그것들을 에워싸게 될 것이다.

내 마음속 불의 근원은 때때로 죽음에서 얻어질 것이고, 때로는 내가 마음속으로 쓰는 이야기들에서, 때로는 내 이름 위에 겁쟁이라는 낙인을 허락하고 싶지 않은 자존심에서 비롯될 것이고, 때로는 가장 과격한 상상을 풀어놓는 섹스가, 때로는 평화로운 몽상이, 때로는 새로운 진실을 만들어내기 위해 뜨겁게 달아오른 두 손으로 세상의 진실을 잡아당기고 비트는, 작가들에게 고유한 분열증이, 때로는 희망이 그 근원이 될 것이다.

이 두 개의 장벽 사이에서 벌어지는 이 보이지 않는 전투를 치르는 동안 내 삶은 지나갈 텐데, 나는 그 심연의 가장 끄트머리에서, 내 정신 속에서 자라는 나무의 가지에 매달려서, 제정신을 잃게 만드는 나약함에 투항하지 않음으로써 살아남을 것이다.

나는 현실의 괴물 같은 얼굴을 보았다.

지금 이 순간부터 나는 단 하나의 나뭇가지에 매달려 있는 사람처럼 살아가게 될 것이다.

내게는 잠시라도 두려워하거나 우울해하거나 겁에 질릴 권리가 없으며, 또한 구원받고 싶다는 욕망에 굴복할 권리도, 잠시 잠깐 미쳐버릴 권리도, 이런 너무나 인간적인 나약함에 항복할 권리도 없다.

한순간의 나약함이 나의 과거와 미래 전체, 나의 존재 자체를 파괴하게 될 것이다.

만약 내가 너무나 피곤해진 나머지 내가 쥐고 있던 가지를 놓아버린다면 그건 치명적인 일이 될 것이다. 심연의 바닥으로 떨어져 피와 뼈로 곤죽이 될 것이다.

허공에서 흔들리면서도 단 한순간도 그 가지를 놓치지 않은 채, 며칠, 몇 주, 몇 달, 그리고 몇 년 동안을 견뎌낼 수 있을까?

만약 내가 저 가지를 놓아 나약함의 심연에서 산산조각이 난다면, 나는 나의 과거와 미래를 잃어버릴 뿐만 아니라 나로 하여금 글을 쓸 수 있게끔 해주는 힘마저 잃게 될 것이다.

글쓰기의 소중한 근원으로부터 잘려버릴지도 모른다는 생각은 다른 어떤 것보다도 두려운 것이었다. 그 두려움은 다른 모든 두려움을 억누르고 내게 이 상황을 견뎌낼 수 있는 능력을 주게 될 것이었다. 그 두려움에서 용기가 태어날 것이었다.

질식할 것 같다는 갑갑한 느낌에서 비롯된 고통과 더불어 내 내면을 핥고 다니던, 내가 제정신을 잃을지도 모른다는 공포는 이제 사라졌지만, 극심한 피로가 몸을 덮쳤다.

젊은 교사는 대령처럼 이제 깊이 잠들었다. 발목에서 잘려나온 두 발의 쉴 새 없던 움직임도 멈췄다.

정신없이 곯아떨어질 만큼 피곤했지만 나는 잠들 수가 없었다. 내게로 와서 나를 데리고 가기에는 잠조차도 탈진해버린 상태 같았다.

경찰이 나를 내 아파트에서 데리고 나올 때, 나는 최근에 배달된 중세 기독교 철학자들에 대한 책을 가방 안에 던져 넣었더랬다. 그들의 생애에 대한 흥미롭고 기분 전환이 될 만한 이야기들이 들어 있을 것 같았기 때문이다.

내가 지금 살아내야 하는 것들로부터 벗어나기 위해, 조금이라도 긴장을 풀고 휴식을 얻기 위해서, 그들이 견뎌낸 것들 안으로 도망쳐보겠다는 심산이었다.

이 철학자들은 우주의 비밀을 풀어보려는 대담한 노력을 놓지 않는 한편, 자신들의 개인적 삶의 비밀 또한 풀어보려고 분투했다. 그들은 '삶이란 무엇인가?'라는 주제에 대해서 수천 페이지를 썼지만 그 질문이 자기 앞에 구체적으로 놓였을 때에는 속수무책이라는 사실을 경험했다. 이 사실은, 내게는 늘 그렇게 보였는데, 인간 조건에 대한 놀라운 요약이었다.

내 유치장 동료들이 신음 소리와 고통스러운 잠꼬대를 흘리고 있는 그 희미한 불빛 아래서, 나는 그 책을 펼쳤다.

나는 책을 읽으면 마음이 차분해지면서 잠을 잘 수 있게 되리라 기대했다. 잘못된 기대였다.

그 책은 재미 삼아 읽을 전기물이 아니었다. 그 대신, 당시 철학자들의 매우 설득력 있는 관점을 담고 있었다.

제일 먼저 나를 맞이한 것은 물론, 성 어거스틴이었다.

이 위대한 인물은 성욕이라는 짐을 제거해달라고 신실한 기도를 올리지만, 동시에 자신이 지금 즐거운 시간을 보내고 있으니 너무 서둘러서 그 기도를 이루지는 말아 달라고 빈다. 그는 '절대적으로 선한' 존재인 하나님이 동시에 왜 그런 끔찍한 악을 창조한 건지 납득할 만한 설명을 찾아내려는 노력을 멈추지 않는다. 어거스틴이 내 안에서 일깨운 건 그의 사회적 지위나 중요성과 대조되는 부드럽고 나약한 면모에 대한 것이었다.

나는 읽기 시작했다.

유치장 안에 갇혀 책을 읽는 것 말고는 다른 아무것도 할 수 없는 사람이 '신은 왜 악을 창조했는가' 같은 이야기를 읽는 건 인생의 불가해한 익살의 한 부분인 것 같았다.

이번에 어거스틴을 읽으면서는 화가 났다. 그의 말에 따르자면 신이 고문, 박해, 슬픔, 살인, 나를 가둔 이런 감옥, 그리고 그와 더불어 나를 여기에 가둔 자들 등등, 이 모든 악을 창조한 데에는 이유가 있는데, 그것은 아담이 '자유의지'에 따라 행동하면서 사과를 먹은 결과라는 것이다.

내가 이 우리에 갇혀 있는 게 어떤 사내가 사과를 먹었기 때문이라니.

그 사과를 먹은 건 하나님의 사람 아담, 그가 자기 손으로 만든 존재였는데, 여기 이 우리에 갇혀 있는 사람은 나였다.

그런데 바로 그렇기 때문에 내가 하나님에게 감사해야 한다고? 그게 어거스틴이 내게 요구하는 바였다.

나는 그가 그 큰 대머리에 수염을 기르고 매력적인 웃음을 띤 채 허술한 옷을 걸치고 내 앞에 서 있기라도 한 것처럼 으르렁거렸다.

"말해 보시오." 나는 말했다. "어떤 사람이 사과를 하나 먹은 것과 어떤 사람이 사과를 하나 먹었기 때문에 인류 전체를 고문하고 처벌하는 것 중에 어떤 게 더 큰 죄요?"

나는 분노에 차서 덧붙였다. "당신의 신이 더 큰 죄인이오."

내 맞은편에 누운 대령이 그르렁거리면서 옆으로 돌아누웠다. 철창의 그림자가 그의 얼굴 절반을 잘라버렸다.

"난 당신의 신이 지은 죄들을 위해 기도하겠소."

내 두 눈은 불면에서 비롯된 피로 때문에 뜨거웠다. 혼수상태 같은 잠이 나를 저 아래로 끌어당기고 있었다.

방 맞은편의 대령이 신음 소리를 흘렸다.

고개를 들어 바라보니 그가 잠에서 깨 있었다. 그는 울고 있었다.

그가 수감되어 있는 동안 그의 세 살짜리 딸이 병원에 입원해서 사경을 헤매고 있었다.

나는 벽 쪽으로 돌아앉았다. 자기가 우는 걸 내가 봤다는 사실을 눈치 채지 못하게 하고 싶었다.

나는 절대로 내가 잡고 있는 이 가지를 놓지 않을 것이다. 단 한순간이라도.

잠이 드는 동안, 나는 죽음과 사투를 벌이고 있는 그 어린 소녀를 생각했다.

'사과 한 알에 이 모든 일이 일어날 만한 가치가 있단 말인가?' 이 의문이 머릿속에 맴돌았다.

거울과 의사

혹시 얼굴이 갑자기 사라진 적이 있는가?

하루에도 수십 번씩 거울이나 상점의 쇼윈도를 통해, 전화기의 빛나는 표면을 통해 바라본, 곡선 하나하나와 주름살 하나하나에 익숙한 얼굴. 그 얼굴이 인생에서 갑자기 지워져본 적이 있는가?

내 생각엔 사람이 자기 자신의 얼굴을 보지 않고 지나가는 날은 단 하루도 없을 것이다.

우리는 자신의 얼굴을 너무나도 자주 보기 때문에 그렇게 자기 자신을 보는 것, 자기 자신과 눈을 맞추는 일이 작은 기적이라는 사실을 잊고 산다.

철창 안에서 맞이한 첫날 아침, 나는 쇼핑카트가 덜덜거리며

나는 다시는 세상을 보지 못할 것이다

굴러가는 소리에 잠을 깼다.

경찰관들이 냉동고에서 방금 꺼내 온 치즈 샌드위치와 작은 플라스틱 병에 든 물을 나눠 주고 있었다.

샌드위치는 냉동 상태였다.

그러고 나서 그들은 우리 유치장의 문을 열었다.

유치장들이 늘어서 있는 복도 끝에 철문이 하나 붙어 있었다. 그걸 밀어 열자 세면대 두 개가 나타났다.

그 위에는 거울이 붙어 있지 않았다. 맨 벽이 있을 뿐이었다.

다른 이들과 마찬가지로 나 역시 아침에는 제일 먼저 어딘가에 반사된 내 얼굴을 보는 일에 익숙해져 있었기 때문에 내 얼굴이 보일 것을 기대하면서 정면을 쳐다봤다.

그것이 사라졌다.

바로 그 순간, 나는 마치 맨 벽에 부딪히는 것 같은 느낌을 받았다.

다른 사람들과 마찬가지로 나는 나 자신을 찾아 주변을 두리번거렸다.

나는 거기에 없었다.

마치 내가 삶으로부터 지워진 것 같은, 내던져진 것 같은 느낌이었다.

맨 벽을 보고 있자니 무엇엔가 반사된 자기 자신의 이미지를 본다는 게 어떤 의미인지를 더 생각해보게 됐다. 거울은 문학적인 은유로 워낙 자주 사용되는 말이지만, 현실의 구체성이란 하나의 은유로는 도저히 성취할 수 없는 중요성을 가진다.

거울은 당신을 당신에게 보여주고, 당신이 존재하고 있다는 사실을 확인해 준다. 거울과 당신 사이의 거리는 오직 당신에게만 속한 영역을 만들어내고, 당신을 둘러싼 그 영역은 다른 어느 누구도 침범할 수 없는 당신만의 것이다.

거울이 없으면 그 영역 또한 사라진다.

모든 사람, 모든 사물이 함부로 덤벼들어 달라붙는 것 같다.

거울이 없어도 양손과 양팔, 양다리, 양발을 볼 수 있지만, 얼굴은 예외다.

얼굴 없이는 두 팔, 두 손과 발, 양다리는 마다가스카르의 정글에서 볼 수 있는 반유인원—반조류의 몸과 닮았을 뿐이다.

얼굴이 사라지면 우리는 그 손과 발이 정말 우리 자신에게 속한 것인지조차 확신하지 못하게 된다.

유치장 안에는 거울도, 무언가를 반사할 수 있는 유리 조각도, 표면이 반짝거리는 그 어떤 것도 없다.

누가 그 공간을 디자인했는지 모르지만 지극히 의도적이다.

나는 다시는 세상을 보지 못할 것이다

그자는 그 건물 안에서 가혹하게 조사받는 사람들이 자신의 얼굴을 잃는다면 훨씬 더 쉽게 무너질 거라는 사실을 분명 생각하고 있었을 것이다.

내가 그랬듯이, 모든 사람들이 자신의 얼굴을 찾고 있었다.

어떤 이들은 플라스틱 물병을 들여다봤지만 플라스틱은 아무것도 반사하지 않았다.

거울을 제거하는 단순한 조치를 통해 저들은 우리들을 삶으로부터 지워버렸다.

나는 오스카 와일드의 이야기에 나오는 나르키소스와 물웅덩이에 대해 생각했다.

나르키소스가 죽자 그가 매일 자신을 비춰볼 때 사용하던 그 웅덩이 속 달콤한 물은 눈물로 바뀌었다.

눈물방울이 웅덩이에게 말했다. "당신이 그를 애도해야 한다는 사실에는 의심의 여지가 없습니다. 그는… 당신의 둑 위에 누워 당신을 내려다볼 것입니다. 그는 당신이 담고 있는 물의 거울 속에서 자신의 아름다움을 비춰 보게 될 겁니다."

"하지만 나는 나르키소스를 사랑했습니다. 왜냐면… 나는 그의 눈이라는 거울 속에 비치는 나 자신의 아름다움을 보곤 했습니다." 웅덩이가 이렇게 대답했다.

심지어 일개 웅덩이조차 자기 자신을 보고 싶어 하는데 우리 자신과 연결돼 있는 우리의 끈이 끊어진 것이다.

반사되는 모습 없이는 세수를 하는 일조차 쉽지 않았다. 얼굴에 끼얹기 위해 물을 두 손에 모아 올렸을 때 얼굴에 제대로 갖고 가지 못할 수도 있다는 염려가 들었던 것이다.

세면대 아래에는 커다란 플라스틱 통이 있었는데, 사람들이 사용하고 난 구겨진 종이 타월이 그 통을 흘러넘쳐서 주변 바닥에 흩어져 있었다.

그날은 종교 축일이어서 청소부 대부분이 출근하지 않았기 때문에 두루마리 종이 타월은 다 사용한 뒤에도 새것으로 교체되지 않았고, 바닥을 비롯해 모든 곳이 다 더러웠다.

세면기 옆에 화장실이 두 칸 있었다.

나는 그런 화장실은 한 번도 본 적이 없다.

각 화장실에는 옛날 서부극에서 보던 것 같은 나무로 된 반회전문이 달려 있었다. 위와 아래가 비어 있는 문짝이었다.

화장실 옆에는 샤워 칸이 있었다. 거기에도 똑같은 반회전문이 달려 있었다.

거기에는 옷을 걸 수 있는 장치가 없었다.

샤워를 하려면 옷과 타월을 그 반회전문 위에 걸쳐 놓아야 한다.

바닥에는 끈적끈적한 묵은 때가 두껍게 뒤덮여 있었다.

내 몸이 마침내 고약한 냄새를 풍기기 시작했기 때문에 나는 포기하고 샤워를 했다. 차마 그 바닥에 맨발로 들어설 수 없었기 때문에 양말을 신은 채 씻었다. 젖은 양말을 신은 상태에서 마른 옷을 입는 게 상당히 어렵다는 걸 나중에 알게 됐다.

손을 씻고 세수를 한 뒤 우리는 다시 유치장 안으로 되돌아 갔다. 우리는 냉동 샌드위치를 먹고 플라스틱 병에 든 물을 마셨다.

나는 유치장 동료들과 대화를 나누기 시작했다.

갇혀 있는 대령들은 모두 해군 소속이었고 같은 해에 해군군사대학을 졸업한 동기들이었다.

웃기는 건 이 대령들은 쿠데타를 계획한 장본인들이 아니라 쿠데타가 실패한 뒤 체포된 이들의 자리를 메우도록 임명된 장교들이라는 사실이었다.

그런데 그들의 동기생 중 하나가 그들을 고발했다.

요즘 군대 안에는 장교들이 무자비하게 서로를 고발하는 이중 간첩질이 강력한 전염병처럼 번져나가고 있는 듯하다.

이 장교 그룹과 가까운 누군가가 이들을 밀고한 뒤, 경찰은 같은 해에 졸업한 해군 대령들을 모조리 잡아들였다.

그들 대다수는 참모부 소속이었다.

모두 교육을 잘 받은 이들이었다. 모두 다양한 분야에서 박사 학위를 소지하고 있었고, 직업적인 전망도 밝았다.

그들은 하나같이 혼란스럽고 마음이 편치 않은 상태였지만 모두 어린 시절부터의 친구였기 때문에 복도를 군사학교 기숙사의 분위기로 바꿔놓았다. 그들은 양손으로 철창을 쥔 채 서로를 놀려대고, 농담하고, 웃어댔다.

감옥이라는 환경의 압력 밑에서 그들 한 사람 한 사람의 영혼이 분명한 모습을 드러내기 시작하는 동시에 우리는 웃음과 고통이 공존하는 이 이상한 영역에 차츰 익숙해져갔다. 한 시간 정도밖에 안 되는 시간 동안 과묵한 이, 익살꾼, 과민형, 뻔뻔스러운 인간, 그리고 야심가 들이 모두 자기 모습을 드러냈다.

알고 보니, 같은 방 맞은편에서 자던 대령이 그들 중에서도 가장 빼어난 이력을 가진 이였다. 그는 해외에서 근무하면서 전 세계를 돌아다녔고, 모든 작전과 훈련에서 수석을 차지하면서 장군으로 진급할 날만 기다리고 있었는데 이렇게 경찰서 유치장에 맨발로 누워 있게 된 것이다.

그는 큰 꿈을 꾸고 있었지만 어느 날 밤 저들이 와서 손목에

나는 다시는 세상을 보지 못할 것이다

수갑을 채우는 순간 모든 것이 변해버렸다.

그곳에 와 있는 모든 장교들이 똑같이 거칠게 따귀를 맞았고, 똑같은 충격을 경험했지만, 가장 많은 것을 잃은 건 그 대령이었다. 가장 큰 꿈을 꾸고 있던 이였기 때문이다.

그는 병원에 입원한 딸과 느닷없이 사라져가는 자신의 미래 두 가지 모두를 슬퍼하고 있었다.

반면에 잠수함 함장이었던 이는, 그와는 대조적으로, 늘 즐겁고 아무 걱정 없어 보이는 친구였다. 충분히 영리했지만 그는 참모부 소속이 되고 싶은 생각이 없었다. 그는 그쪽에는 야심이 없었다.

"잠수함에서의 생활은 어떤가요?" 내가 그에게 물었다.

그는 웃으면서 이렇게 말했다. "여기보다 더하죠."

그는 밀폐된 공간에서 자기 자신을 잃어버리는 일에는 이미 익숙해져 있었다.

여러 날이 지나면서 음식에 대한 이야기가 중심 주제가 되기 시작했다.

우리는 굶주려갔다. 저들은 아침에는 냉동 샌드위치를 하나 줬고, 정오에는 깡통에 든 완두콩을, 그리고 저녁 식사로는 역시 깡통에 든 포도잎 쌈을 줬다.

차나 커피, 담배 같은 기호품은 물론이고 다른 종류의 음식은 주어지지 않았다.

그곳에서 머물던 열이틀 동안 우리가 먹은 건 치즈 샌드위치와 통조림 완두콩, 그리고 포도잎 쌈이 다였다.

진정으로 완벽한 다이어트였다. 나는 열이틀 만에 7킬로그램이 빠졌다. 다른 이들 역시, 거기에 있었던 기간에 따라, 10킬로그램, 심지어 15킬로그램까지도 빠졌다.

우리는 음식 꿈을 꾸었다.

어느 날 경찰이 철창문을 열고 우리를 복도에 세운 뒤 한 줄로 걷게 했을 때, 나는 "우리, 우리가 제일 먹고 싶은 음식 이름을 하나씩 대기로 합시다"라고 제안했다.

불꽃놀이에서 쏟아지는 불꽃 폭포처럼 음식 이름이 터져 나오기 시작했다. '아다나 케밥', '이스켄데르 케밥', '흰콩 스튜', '루꼴라를 넣은 생선', '라마준', '파스트라미', '덤플링.'

마치 우리가 불러낸 이름들을 폭식하는 것 같았다. 엄청난 식욕으로 그 이름들을 불러댔기 때문에 우리 모두는 마치 음식의 환락에 빠져 사는 사람들 같았다. 각 음식의 이름에는 경탄과 욕망의 감탄사가 뒤따랐다.

그런 즐거운 순간 바로 뒤로 죽음과 같은 무게가 우리를 내리눌렀다. 이 어린아이 같은 놀이, 농담, 서로를 놀리면서 행복한 순간을 누리던 보호막 속으로 에너지를 넣어주던 공급선이 갑자기 끊기면서 현실이 스며들어 왔다.

우리는 철창 안에 갇혀 있는 신세였다. 우리의 미래는 그다지 밝아 보이지 않았다.

"하지만 우리는 아무 짓도 하지 않았어요." 내 맞은편의 참모부 대령이 중얼거렸다. 쿠데타가 일어나던 날 밤, 그는 가족과 함께 안탈리아에서 휴가를 보내고 있었다고 다시 한번 우리에게 말했다.

잠수함 대령은 대수롭지 않은 일이라는 듯 말을 받았다. "이 자들은 우리를 일단 감옥에 집어넣고, 그다음에는 군에서 쫓아낼 거야."

참모부 대령은 이의를 제기했다.

"우릴 왜 내쫓겠어? 우리가 무슨 짓을 했다고?"

이 사내들은 심지어 성인이 되기 전부터 군에 몸담았던 사람들이라서 군에서 쫓겨날지도 모른다는 가능성은 생각만 해도 등골이 오싹해지는 일이었다.

나는 대개의 경우 그들의 대화에 끼어들지 않았다. 보통은 성 어거스틴과 토마스 아퀴나스의 악에 대한 사유를 읽거나 아예

딴생각을 하곤 했다.

나는 가장 잘 알려졌고, 가장 평범한 인생의 진리를 담고 있는 상투적인 문구를 무한한 존경심을 갖고 되뇌었다. "시간은 지나가고, 모든 것은 변화한다."

나는 엘리아스 카네티의 문장을 기억해냈다. '당신의 손가락 끝으로 시간을 건드리는 순간, 시간은 웃음을 터뜨리면서 먼지가 되어 흩어진다.'

시간은 여기서는 웃지 않았다.

시간은 내가 내 손가락 끝으로 건드렸을 때에도 웃음을 터뜨리지 않았다.

그러나 시간이 먼지가 되어 흩어진다는 건 진실이었다. 나는 그 먼지를 내 입 안에서, 코 안에서, 목구멍 안에서 느낄 수 있었다. 나는 먼지 알갱이 하나하나를 씹고, 삼켰다.

내가 삼킨 먼지 알갱이 하나하나가 '시간은 지나간다'는 상투적인 문구를 확인시켜 줬다.

그 죽어 있던 시간의 어느 지점에선가 우린 어떤 경찰관이 소리 지르는 걸 들었다.

"모두들 준비! 의사를 보러 간다."

"이게 뭐하는 거죠?" 내가 물었다.

"우릴 의사한테 보여서 우리가 고문당하지 않았다는 걸 증명하려는 겁니다." 젊은 교사가 말했다.

해가 있는 곳으로, 빛이 있는 곳으로 나간다는 의미였다.

갑자기 마음이 불편해졌다.

나는 해가 있는 곳으로, 빛 속으로 나가고 싶지 않았다. 철창을 벗어난다는 생각이 내게 두려움을 불러일으켰다.

진흙 속에 묻혀 있는 게처럼 나는 나 자신을 철창 속에, 나의 공상과 그 시간 속에 묻어놓고 있었다. 나는 세상으로부터 멀리 떨어진 그 안에 스스로 둥지를 지어놓고 있었다.

내가 태양이 있는 곳, 그 빛 속으로, 생명 속으로 나가는 순간, 이 '둥지'는 파괴될 것이다. 다시 돌아왔을 때 그것을 다시 지을 힘을 찾아낼 수 있을지 알 수 없었다.

그럴 수만 있었다면 그대로 철창 안에 남아 있었겠지만 시키는 대로 움직여야 했다. 나는 다른 이들과 함께 자리에서 일어섰다.

허리끈을 제거한 리넨 바지는 자꾸만 흘러내려서 맨살이 드러났다. 나가서 사람들을 만나기에 적당한 복장이 아니었다.

대령들 중 한 사람이 내게 닥친 문제를 봤다.

"허리끈을 한번 만들어봅시다." 그가 말했다.

"어떻게 하려고요?"

대령은 플라스틱 물병에서 상표를 벗겨내더니 그걸 꼬아서 짧은 줄을 만들었다. 그러고는 그걸 내 바지 허리띠용 고리에 넣고 앞에서 마주 묶었다.

바지는 내 허리 근처에 고정됐다.

우리는 유치장을 나와 제복을 입고 두 줄로 서 있는 경찰관들 사이를 지나 창에 철망을 댄 버스를 향해 걸어갔다.

쭈글쭈글한 바지, 더러운 속옷, 모양이 다 망가진 슬리퍼에, 헝클어진 머리와 면도도 하지 않은 초췌한 행색으로 줄을 지어 걷게 하는 것처럼 사람을 죄인으로 보이게 만드는 방법도 없을 것이다.

유치장에서 쏟아져 나와 경찰의 구령에 맞춰 움직이려고 우왕좌왕하는 군상들의 아수라장 속에서, 이 새로운 상황에 적응하려던 시도마저 실패하고 그 결과 자기가 누구인지 알 수 없게 된 이 혼란 속에서, 그동안 한 사람을 그 사람으로 규정해주던 모든 시각적 특징들—표정, 몸짓, 목소리, 걸음걸이—이 사라지고 있었다.

나는 이 회색의 비정형적 군상의 덩어리 속에서 우리 모두가 얼마나 가련해 보이는가를 목격할 수 있었다.

나는 다시는 세상을 보지 못할 것이다

우리는 버스에 올라탔다. 버스는 그르렁대는 소리를 내며 출발하더니 길 양옆에 주차되어 있는 자동차들 사이를 지나 보안부 앞마당을 왼쪽에 두고 우회전해서 멈춰 섰다. 병원은 모퉁이를 돌자마자 있었던 것이다.

　병원 가까이에 아주 작은 광장이 있었다. 거기에 적은 수의 사람들이 뜨거운 햇볕 아래서 기다리고 있었다.

　나는 그들 중에서 내가 사랑하고 그리워하던 이들의 얼굴을 즉각 알아볼 수 있었다.

　그들은 목을 길게 뽑고 눈을 찌푸려가며, 철망의 그림자 사이로 내가 그 버스에 타고 있는지 보려고 애쓰고 있었다.

　나는 그들을 보게 되어 너무나 기뻤다.

　철망으로 창문을 둘러친 경찰버스 안에서 종이로 만든 허리띠를 한 채 자리에 앉아 저 먼 곳에 서 있는 이들을 보면 사랑하는 사람을 보는 기쁨을 아주 제대로 느낄 수 있게 된다.

　우리는 사랑한다. 그리고 사랑은 우리에게는 습관이 된 일이다.

　습관의 틀 안에서 일상적으로 사랑하며 살다가 그 습관이 무자비하게 함부로 부서져버린 어떤 상황에 처했을 때, 우리는 사랑이 얼마나 위대한 것인지 비로소 이해하게 된다.

　나는 내가 사랑하는 사람들이 나를 볼 수 있도록 열렬히 손을 흔들었다. 그들이 나를 보는 것이 그 순간의 내게는 인생에서 가장 중요한 일이었다. 나는 격렬하게 몸을 움직였지만 그들은 버스 안 그늘진 곳에 있는 내 모습을 찾아내지 못했다.

경찰관들이 언제든 개입할 태세를 취하고 있었기 때문에 나는 내가 원하는 만큼 움직일 수가 없었다.

내가 사랑하는 사람들은 나를 볼 수가 없었다.

바로 그 순간에는 세상의 그 어떤 일도 그들에게 내 모습을 보여주는 것만큼 중요하지 않았다.

앞쪽에 앉아 있던 대령들 중 한 사람이 "앞으로 오세요. 선생님 가족들이 와 계신가 봐요"라고 하며 내게 자신의 자리를 내주었다.

생각이나 신념, 신앙의 차이 같은 것에도 불구하고 이런 극한의 조건 속에서 만나는 사람들 사이에는 언제나 연대의식이 있게 마련이다. 모두가 서로를 도왔다. 우리는 맹조류를 만난 찌르레기 무리처럼 단단하게 뭉쳐 있었다.

나는 앞으로 갔다.

나는 손을 흔들었다.

그들이 나를 봤다.

처음에는 그들은 미소를 지으면서 행복한 모습으로 손을 흔

나는 다시는 세상을 보지 못할 것이다

들었다.

곧이어 나는 내 딸의 무릎이 덜덜 떨리는 걸 봤다. 그 진동은 점점 위로 옮겨 가더니 그 애의 눈에서 눈물의 형태로 터져 나왔다.

딸은 마음을 가라앉히려 애쓰고 있었지만 그러지 못했다. 그 애의 온몸이 흔들리고 있었다.

내 아들이 그 애를 붙들더니 자기 가슴에 꼭 안았다.

나는 그들을 보았다.

그 순간 내 안에는 깊은 상처가 났고, 나는 그것이 영원히 아물지 않을 것이라는 사실을 알았다.

나는 철망으로 둘러친 버스 안에서 비참한 모습의 사람들 사이에 끼어 있는 아버지의 모습을 지켜보는 아이들의 심정이 어떤지 너무나 잘 알고 있었다.

저들이 내 아버지를 체포해 간 뒤, 나는 내 동생 메흐메트와 함께 군사법정에서 열린 재판에 갔었다.

셀리미예 기지 안에 위치한 재판정에는 방청객이라고는 우리 둘밖에 없었다. 우연히도 그날 우리 둘 다 짙은 푸른색 양복을 입고 있었다.

다음 날 아침, 어느 우익 신문의 일 면에는 우리 두 사람의 큼

지막한 사진과 더불어, 우리가 같은 색깔의 양복을 차려입은 건 '감춰진 메시지'가 있기 때문이라고 암시하는 기사가 실렸다.

이 지구상에서는 모든 것이 변하지만 어리석음과 비열함만은 절대 변하지 않는다.

내 아버지는 피고인석에 앉아 있었다. 경찰관 두 사람이 양쪽에 서 있었다.

내 아버지가 피고인 변론을 위해 일어섰다. 아버지의 강렬하고 격정적인 목소리가 돌로 된 군사기지 복도를 울렸다. 장교들이 자기들 방에서 나와 아버지의 변론을 듣기 위해 몰려들면서 재판정이 서서히 들어찼다.

재판장은 아버지의 말을 끊으려고 했다. 아버지는 멈추지 않았다.

재판장이 소리쳤다. "앉히시오." 경찰관 두 사람이 아버지의 어깨를 내리눌러서 자리에 앉혔다.

나는 그 순간에 느꼈던 무력함과 분노를 평생 잊은 적이 없다. 독재자들과 반란의 수괴들에 대한 내 증오는 영원히 사라지지 않을 것이다.

내 아이들의 고통을 지켜보면서, 나는 그들이 느끼고 있는 것을 이해했을 뿐만 아니라 오래전에 내가 내 아버지를 지켜보면

나는 다시는 세상을 보지 못할 것이다

서 느꼈던 똑같은 무력함과 분노를 다시 한번 느꼈다.

아이들의 마음을 안정시키기 위해 미소를 지으면서 난 괜찮다는 신호를 보냈다. 그러나 실제로는 나도 내가 어떻게 보이는지 궁금했다. 내가 너무 지치고 헝클어져 보이면 그렇잖아도 힘들어하는 아이들의 마음에 더 무거운 짐을 얹어줄 것 같아 걱정스러웠다.

그들은 우리를 버스에서 내리게 한 뒤 한 줄로 세워 병원에 들어가게 했다.

컴퓨터 앞에 앉아 있는 접수원이 한 사람 한 사람 식별 번호와 이름을 물어봤다.

내 순서가 되자 그녀는 내 식별 번호를 물었다.

"모릅니다." 내가 말했다.

내 뒤에서 튀는 헤어스타일을 한 어느 젊은 경찰관이 비아냥거리는 소리가 들려왔다. "저 인간 좀 봐. 유명한 작가라면서 자기 번호도 모른대!"

나는 내 식별 번호를 모른다는 이유로 어느 젊은 경찰관의 눈에 완전히 '아무것도 아닌 자'가 되었다.

이게 바로 저들이 그를 가르친 방식이다. 무엇보다, 당신의 번호를 기억하라.

진료실에 들어서자 의사가 나를 맞았다. "몸 상태가 어떻습니까, 아흐메트 베이 씨?" 그가 물었다.

"괜찮습니다. 고맙습니다."

의사는 진료실 뒤편에 있는 커튼이 드리워진 문을 가리켰다.

"저기에 거울이 있습니다. 원하면 가서 보시죠."

명백히, 그는 거울의 중요성에 대해, 자신의 얼굴이 사라질 때의 충격에 대해 알고 있었다.

나는 그 즉시 커튼을 젖히고 세면대 위에 걸려 있는 거울을 들여다봤다. 내 얼굴은 거기에 있었다. 거기서 나를 들여다보고 있었다. 나는 내게서 사라진 조각을 발견했다. 나는 다시 완전해졌다. 나는 반유인원-반조류인 존재의 몸을 떠나 다시 인간이 되었다.

우려하던 것처럼 그렇게 탈진한 것 같아 보이진 않았다.

그 때문에 기분이 훨씬 좋아졌다.

내가 사랑하는 이들의 마음이 특별히 더 무거워지진 않았을 것이다.

"저 사람들이 때리거나 고문을 가하진 않았나요?" 젊은 의사가 물었다.

"아니요."

"다른 건강상의 문제는 없습니까?"

"때때로 밤에는 무얼 삼키기가 어렵습니다."

"처방전을 써드리죠."

"이비인후과 전문의이신가요?"

"아뇨, 전 정형외과 의삽니다."

"그런데 어떻게 목에 대한 약품을 아시죠?"

"저도 같은 문제가 있거든요. 그래서 압니다."

모든 이들이 의사의 진단을 받고 나자 저들은 우리를 한 줄로 세워 버스로 데리고 갔다. 버스에 올라탈 때, 나는 돌아서서 손을 흔들었다. '난 괜찮아.'

버스가 움직였고 우리는 보안부 마당에 들어섰다.

우리를 보러 온 사랑하는 이들은 버스가 그들을 두고 떠나자 마당을 둘러친 철책에 매달렸다.

그들은 점점 더 멀어졌다. 그들은 아주 작아졌다.

나는 버스 창문의 쇠창살을 통해 그들을 보고 있었다. 점점 멀어져가면서, 내 안을 찌르는 듯하던 통증이 더 심해졌다.

저들은 우리를 다시 철창 안에 집어넣었다.

유치장 안에 침묵이 흘렀다.

우리들 중 어떤 이들은, 나를 포함해서, 병원 밖에서 사랑하는 이들을 봤지만 그러지 못한 이들도 있었다. 우리는 우리가 본 이들을 그리워했고, 그들은 그들이 보지 못한 이들을 그리워하고 있었다.

저녁식사 시간이 될 때까지 우리의 침묵을 방해하는 것은 아무것도 없었다.

모든 이들이 각자 자신의 고독 속으로 숨어들었다.

저녁식사 시간이 되자 경찰관들이 포도잎 쌈 통조림을 나눠줬다.

우리는 그걸 먹으면서 대화를 나누기 시작했다.

우리는 철창 안 불투명한 세상에 다시 우리 자신을 묻고, 자리를 잡았다.

나는 유치장에 사 주째 갇혀 있던 젊은 교사에게 물었다. "아직 조사를 안 받았습니까?"

저들은 이 주 전 새벽에 그를 조사실로 데려가더니 이렇게 말했다고 한다. "다들 자기 몸 챙기기에 바빠. 시간을 줄 테니까 가서 잘 생각해봐. 이름 몇 개만 대. 자기 몸 자기가 지켜야지."

"난 누구 이름도 댈 수 없어요. 난 다른 사람을 해칠 수 없어요." 그가 말했다.

밤에 잠깐 깼을 때, 나는 그가 벽에 기댄 채 쿠란을 읽고 있

나는 다시는 세상을 보지 못할 것이다

는 걸 봤다.

다음 날, 그들은 우릴 다시 의사에게 데리고 갔다.

나는 이번에는 내 사랑하는 이들을 볼 준비가 돼 있었다.

그들 역시 날 만날 준비가 돼 있었다.

그들은 미소를 지었고, 나는 기쁨에 차서 그들에게 손을 흔들었다.

약간 과체중인 것으로 보이는 여성 의사가 근무하고 있었다.

"맞은 적이 있나요?"

"아뇨."

"검사를 좀 해보겠습니다."

"맞은 적 없습니다."

"아무튼 검사를 해봐야 돼요."

우리는 커튼 뒤로 들어갔다. 나는 거울 속의 나를 봤다. 나는 얼굴을 갖고 있었다. 나는 존재하고 있었다.

"바지를 내리세요." 의사가 말했다.

나는 "당신 먼저"라고 말하고 싶었지만 잘 참았다.

나는 바지를 내렸다.

그 여자는 내 다리를 들여다보고, 나는 그 여자를 보고 있었다. 우리는 그렇게 거기 서 있었다.

스타인벡의 《달콤한 목요일》에 나오는 잊지 못할 장면이 머릿속에 떠올랐다.

의사는 공터에 놓인 속이 빈 보일러에 들어가 살고 있는 수지를 만나러 간다. 그는 한 손에 꽃을 들고 엎드린 채 보일러 속으로 기어 들어가면서 생각한다. '자존감을 잃지 않고 이렇게 할 수 있는 사람이라면 두 번 다시 아무것도 두려워하지 않아도 될 것이다.'

여자 앞에서 바지를 무릎까지 내린 채 자존감을 잃지 않을 수 있는 사내라면 두 번 다시 아무것도 두려워하지 않아도 될 것이다.

그때 여자가 말했다. "바지 올려도 돼요."

그 자리를 떠나면서 나는 의사에게 전공 분야가 뭔지 물었다.

나는 그녀의 대답을 '잊을 수 없는 것들' 폴더 안에 분류해 넣어둘 것이다.

"산부인과요."

교사

"갑자기 눈이 내리기 시작했어요. 모든 게 하얗게 덮였어요. 눈앞에 있던 길이 사라졌고, 우린 어디까지가 길이고 어디부터가 경작지인지 알 수가 없었어요. 우리가 타고 있던 미니버스를 때리기 시작한 눈은 순식간에 쌓였고, 우리는 밖을 볼 수가 없었어요. 운전기사가 말했어요. '돌아가야겠습니다. 여기에 좀 더 있다가는 돌아갈 길도 막히고 여기에 발이 묶이게 될 거요.' '기사님은 돌아가세요. 난 마을까지 걸어갈 겁니다.' 난 미니버스를 돌리는 운전기사에게 그렇게 말하고 차에서 내렸어요."

내가 들어본 행복에 관한 가장 놀라운 이야기는 이렇게 시작됐다.

유치장 안의 공기와 조명은 변하는 법이 없었다. 매 순간이 그 전의 순간들과 똑같았다. 시간의 강으로 흘러드는 지류들이 댐에 막혀 호수를 형성하고 있는 것 같았다. 우리는 아무런 움직임도 없는 그 고인 물의 밑바닥에 앉아 있었다.

우리는 다리를 건너가던 어느 주정뱅이가 주머니에서 꺼내 던져버린 빈 담뱃갑이나 동전처럼 탁한 물의 가장 깊은 곳에 아무 쓸모없이 놓여 있었다.

우리는 시간이 어떤 방향으로 흐르고 있는지 분간할 수 없었다. 시간은 어떤 때는 과거를 향해, 우리의 기억을 향해 흘렀다. 어떤 때는 미래와 우리의 걱정을 향해 흘렀다. 그러나 대개는 이 고약한 냄새를 풍기는 우울 속에 그대로 멈춰 있었다.

우리는 이 냄새를 구성하는 각각의 요소를 알고 있었다. 돌에서 나는 냄새, 쇠붙이에서 나는 냄새, 끔찍한 열기에서 나는 냄새, 사람의 피부에서 나는 냄새, 청소를 하지 않은 변기에서 나는 냄새, 쓰고 버린 휴지에서 나는 냄새, 빛의 부재가 풍기는 냄새.

그리고 이 모든 냄새가 합쳐져 만들어내는 시큼하고 불안한 냄새는 그전까지는 우리 중 누구도 한 번도 경험해본 적이 없는, 우릴 아주 우울하게 만드는 악취였다.

우리를 극심한 피로에 빠지게 만든 건 아무런 활동이 없다는 사실 자체였다.

우리가 움직일 수 있는 유일한 방법은 목소리를 통한 것이었다. 말을 하는 것, 이야기를 하는 것.

지상의 어떤 인간이든 들어줄 사람이 있는 한 할 얘기가 있는 법이다. 어려운 건 애깃거리를 찾는 게 아니라 들어줄 사람을 찾는 일이다. 나는 그 철창 안에서 들어주는 사람이었다.

어떤 이야기든 일단 흡수하고 보는 작가들의 그 음침하고 불안정한 본능을 갖고 나는 그들이 내게 털어놓는 모든 이야기를 들었고, 내 기억 속에 저장해 두었다. 그 이야기들은 나중에 언젠가 걸러질 것이었다.

내게 이야기를 한 이들은 아마도 자신들의 이야기가 곧 잊힐 거라고 생각했을 것이다. 그들은 작가들이 별다른 노력을 하지 않고도 아무것도 잊지 않는 죄를 범할 수 있다는 사실을 모르고 있었다.

대령들은 아주 풍부한 이야깃거리들을 갖고 있었다. 그들은 모두 말이 많았다. 그 젊은 교사는, 그러나, 말이 별로 없었다. 그는 다른 사람들이 하는 이야기를 듣거나 아니면 쿠란을 읽었다.

잘 생각해보고 이름 몇 개를 대라고 하며 되돌려 보낸 뒤로, 저들은 이 젊은 교사를 철창 안에 마냥 내버려뒀다.

이런 유치장 안에 갇힌 이들이 대체로 그런 것처럼, 그의 마음 역시 출렁이며 요동쳤다. 아는 사람들 이름을 대고 첩자가 됨으로써 자기 자신을 구할 것인가, 아니면 그런 천박함으로 자신을 훼손하는 걸 모면하는 대신 평생을 감옥에서 썩는 것으로 그 순수함의 대가를 치를 것인가?

그는 이따금 이렇게 말했다. "난 누구 이름도 댈 수 없어요. 난 그런 고약한 짓은 할 수 없어요." 그러나 경찰을 마주보고 "난 당신들한테 아무 할 말이 없소"라고 말할 자신은 또한 없었다.

그는 자신의 내적 동요 끝에 다다를 쓰디쓴 결과를 놓고 갈등을 겪고 있었다.

우리에게 이야기할 때, 그는 눈에 덮인 쿠르드족의 마을에서 보낸, 그가 "내 인생에서 가장 행복했던 몇 년"이라고 묘사한 시간에 대해서만 말하고 싶어 했다.

"갑자기 눈이 내리기 시작했어요."

그의 모험은 지역 경비대가 관리하는 남동부의 친정부 성향의 마을로 발령받으면서 시작됐다.

그는 역시 교사인 친구 몇 명과 그 마을에서 멀지 않은 도시에 세를 얻어 살았다. 그는 아침에 마을로 출근했다가 밤에 퇴근하곤 했다.

폭설이 몰아닥치기 시작한 그날 아침, 그는 미니버스에서 내린 뒤 눈을 뚫고 마을을 향해 걸어갔다.

그는 몇 차례나 길을 잃고, 심지어 한번은 추위와 피로 때문에 나무 밑에 쓰러져 쉬기까지 하면서 몇 시간을 걸었다. 그는 마지막으로 힘을 내어 다시 걷기 시작했고, 저녁 무렵에서야 거의 동상에 걸린 상태로 마을에 도착했다.

그는 마을 촌장의 집으로 가서 초인종을 누르고, 놀란 표정으로 나와 선 촌장에게 선언했다. "이제부터 마을에서 살겠습니다."

그날 아침, 그가 운전기사에게 "난 여기에서 내려서 걸어가겠습니다"라고 말하던 바로 그 순간, 그는 인생을 바꾸는 결정을 내린 게 분명했다.

사람의 인생에는 영원히 자신의 앞날을 바꾸는 전환점들이 있지만 오직 소수의 사람들만이 그 순간을 분명하게 포착한다.

그 젊은 교사는 그가 자기의 인생을 바꾸기로 결정한 그 순간의 세세한 모습을 자신의 기억 속에 모두 새겨 넣어 두고 있었다.

그는 그 결정에 자신의 영혼과 마음을 모두 쏟아 넣었다.

그는 그 결정을 내리던 순간의 감정이나 그 뒤에 벌어진 일련의 과정에서 느낀 것들에 대해서는 한 번도 이야기하지 않았다.

그의 모든 느낌과 감정은 "그때가 내 인생에서 가장 행복한 몇 년이었어요"라는 문장의 뒤에 감춰져 있었고, 어느 누구도 그걸 들여다보는 걸 허락하지 않았다.

그의 침묵은 내 앞에 광활한, 비옥한 들판을 펼쳐 놓았고, 나는 내 생각과 예측, 그리고 내 꿈으로 그곳을 채울 수 있었다.

그가 그 마을에서 살기로 결심했을 때, 그가 "난 여기서 내리겠습니다"라고 말했을 때, 그는 그렇게 할 경우, 그 산악지대 바깥에서 자신의 삶과 연결된 모든 끈이 끊어지게 되리라는 사실, 견고한 고독과 거친 삶의 조건들이 자신을 기다리고 있다는 사실을 분명히 알고 있었을 것이다.

바로 그 순간, 그는 삶으로부터 걸어 나갔다.

그는 모든 쾌락, 모든 오락거리, 친구들과의 대화, 도시의 붐비는 거리를 느긋하게 돌아다니는 일, 상점의 쇼윈도에서 자기가 좋아하는 셔츠를 보고 그걸 사는 일 따위로부터 자발적으로 떠났다. 그리고 무엇보다 바로 그 순간, 그는 사랑과 인생의 반려를 찾을 가능성으로부터 스스로 떠나간 것이고, 그와 다른 어떤 것에 완전히 헌신하기로 결심한 것이다.

바로 그 순간, 그는 다른 사람들을 위해 자신을 던지게 된 것이다.

그는 수도사나 성인들이 그러하듯이 자기 자신을 버리고 자신의 전 존재를 자신 아닌 무언가를 위해 바친 것이다.

빛이 들지 않는 그 유치장 안에서 나는 그에게 이입될 수 있었고, 그가 미니버스에서 내리던 그 순간 그가 분명하게 느꼈을 것들을 느낄 수 있었다.

그러나 나는 그가 느꼈을 것을 느끼는 데에서 그치지 않았다. 다른 이들의 체취를 훔치는 쥐스킨트의 주인공처럼 나는 그 젊은 교사의 모험을 취해 나만의 감정으로 채우고 그의 기억으로부터 나를 둘러쌀 몽상의 망토를 직조해낸 뒤, 그걸 뒤집어쓰고 그 안에 숨었다.

나는 눈 내리는 바깥에 서 있었다. 나는 얼어 들어가고 있었다. 나는 내 의지로 나를 둘러싸고 있던 껍질을 깨고 나온 자였고, 이 세계의 쾌락을 버려 둔 채 영원을 향해 눈송이처럼 흩날리는 자였다. 내 존재의 모든 부분이 생생하게 살아나 그 탈주에서 오는 고통스러울 정도의 충일감을 생생하게 느낄 수 있었다.

나는 삶과 죽음으로 만들어진 날개들을 벗어던지고 날개가 없는 몸으로 영원 속으로 날아가는 현기증 나는 경험을 했다.

내 육신은 철창 속에 내버려 두고, 나는 폭설 속에서 미소 짓고 있는 눈송이처럼 이리저리 날아다녔다.

눈송이가 되는 것은 달콤하면서 동시에 아주 강렬한, 내가 새로운 자기 자신을 낳기 위해 피를 흘리고 부서지는 것 같은 느낌이었다.

그 순백의 세계 한가운데서 보낸 시간은 내 인생에서 가장 행복한 순간 중 하나였다. 그것은 빌려 온 행복이었지만 엄연히 행복이었다.

나로서는 그 젊은 교사가 정말 나와 같은 식으로 그 순간을 경험했는지 아니면 이 모든 것이 철창 안에 갇혀 있는 억압된 심정으로부터의 백일몽 같은 탈출을 즐기려는 내가 만들어낸 동화 같은 것에 불과한 것인지 알 수 없다. 그러나 그게 바로 그의 이야기를 듣는 동안 내 마음속에서 벌어진 일이었다.

그가 실제로 경험했고 내가 공상을 펼치면서 공유한 삶은 거기에서 끝났다.

나는 그가 미니버스에서 내리던 그 순간을 느낄 수 있었다. 안에서 '빅뱅' 같은 게 일어나 자기 안에서 새로운 사람, 새로운 삶, 새로운 우주가 탄생하는 것 같은 내파의 과정을 경험하고 있는 사람에게 감정 이입을 하는 것은 나로서는 전혀 어려운 일이 아니었다.

나는 그런 신비한 명상의 순간을 내 영혼 속에서 온전히 느낄 수 있었다.

나는 아무런 어려움 없이 그 어두운 철창 안의 끈적거리는 더위로부터 슬쩍 빠져나가 폭설 속으로 걸어 들어갈 수 있었다. 얼굴에 뿌려지는 눈발, 얼어서 간질거리는 손가락들, 두려움과 뒤섞인 흥분을 고스란히 느낄 수 있었다. 갑작스레 뱃속이 뻣뻣해지면서 나는 내가 알던 삶을 뒤에 두고 또 다른 삶을 찾아 텅 빈 세계 속으로 뛰어드는 낯선 내면의 여행을 떠나고 있다는 걸 느낄 수 있었다.

그러나 나로선 그 뒤로 이어지는 삼 년 동안의 '행복'이란 건 이해할 수도 느낄 수도 없었다.

그 눈 오던 밤, 그 마을의 촌장은 자기 집 문 앞에 와 선 교사에게 들어와 난로 가까이에 앉으라고 청했고 식사와 커피를 대접했다.

그가 커피를 다 마신 뒤, 촌장은 이렇게 말했다. "마을에는 지금 빈집이 없습니다."

이미 그곳에서 살겠다는 마음을 굳힌 교사는 물었다. "그럼 어떻게 해야 할까요?"

촌장은 한동안 생각에 잠겼다.

"사원 옆에 옛날 가구를 잔뜩 쌓아 둔 방이 하나 있습니다. 원하신다면 선생님이 거기에 머무를 수 있을지 이맘에게 의논해보도록 하죠."

"좋습니다." 교사는 대답했다.

교사가 가능한 한 빨리 새 거처에 자리 잡고 싶다는 마음이 강했기 때문에 두 사람은 횃불을 들고 눈발과 혹독한 추위 속을 걸어 이맘이 있는 사원으로 찾아갔다.

한밤중에 자신의 집으로 찾아온 촌장과 교사 중 누구에게도 결례를 범하고 싶지 않았던 이맘은 밖으로 나와 그들과 함께 가어떤 방의 문을 열어주었다.

그 작은 방은 부서진 나무 상자들과 관, 관 뚜껑, 그리고 낡고 찢어진 양탄자 같은 것들로 가득 차 있었고, 수도와 전기도 연결되어 있지 않았고, 성에로 가득 덮여 완전히 하얀 창문은 아예 유리가 보이지도 않았다.

이맘은 자기 집으로 돌아가 장작을 넣는 쇠 난로를 갖고 왔다. 난로를 피우자 실내는 조금 따뜻해졌다. 이맘과 촌장은 방을 떠났다.

교사는 찢어진 양탄자 하나를 바닥에 깔고, 외투를 뒤집어쓴 채 관 사이에서 잠이 들었다.

변기도, 욕조도, 부엌도 없는 그 방에서 지낸 삼 년 동안 그는
인생에서 가장 행복한 나날을 보냈다.

그는 장작을 때는 난로에서 음식을 조리했고, 주워 온 욕조
에서 빨래를 했다.

그가 이 시절에 대해 이야기하는 동안 시간을 거슬러 과거를
향해 날아가는 혜성의 빛을 닮은 광채가 그의 눈에 어렸다.

우리가 갇혀 있는 어둑어둑한 철창 안에서도 나는 그의 얼굴
에 비친 행복의 빛을 볼 수 있었다.

얼음장처럼 차가운 돌바닥에 찢어진 양탄자를 깔아 놓고 그
위에 자기 외투를 둘둘 말고 혼자 누운 자리에서 행복을 발견
했던 그 젊은이는 지금, 아마도 자기 인생에서 가장 어려운 나
날을 보내고 있는 이 유치장에서 경찰의 정보원으로 전락하지
않기 위해 그 시절의 기억들을 호출하는 중이었다.

나는 여태 한 번도 들어본 적 없는 그의 삼 년에 걸친 행복의
미스테리를 풀어보려고 생각에 생각을 거듭했다.

삼 년에 걸쳐 사랑하는 사람도 없이, 같이 지낼 여자도 없이,
세상으로부터 고립된 눈 덮인 산악지대의 관들이 들어찬 방 안
에서 혼자 지내는 동안 이 젊은이에게 행복을 준 것은 대체 무

엇이었을까?

아마도 이런 것일 거라고 내가 상상한 그런 감각이었을까?

그 젊은 교사는, 나는 방금 짧은 한순간만 불러일으킬 수 있었지만 수도사나 성자들은 여러 해 동안 이어갈 수 있다고 알려진 황홀경의 감각을 끌어내는 능력을 갖고 있었던 건가?

아니면, 그 마을 사람들이 그에게 갖고 있던 사랑과 신뢰가 그를 행복하게 만들었던 걸까?

그는 여자의 사랑이 빠진 빈자리를 마을 사람 전체의 사랑으로 채우고 있었던 걸까?

행복에 관한 이 이야기 안에 여자의 따뜻함은 존재하지 않는다. 그것이 있을 자리에는 그보다 더 넓고, 더 멀리까지 미치고, 그러므로 밀도와 열기는 덜하지만 의존할 수 있는 종류의 사랑이 자리 잡고 있었다.

그가 잊지 못하는 건 이런 공동체적 사랑인 걸까?

한 마을의 사랑이 한 사내에게 여자의 사랑을 받았던 것만큼이나 잊을 수 없을 정도로 행복한 기억이 될 수 있는 걸까?

그 교사의 기억 속에서는 나의 이런 질문들에 대한 어떤 대답도 찾을 수 없었다.

그 철창 안에서 우리가 같이 지낸 날 동안 그는 그 마을에서 지낸 기간 이전과 이후에 대해서는 아무 말도 하지 않았다.

나는 그가 그 마을에서 지낸 기간 외에는 그의 인생에 대해 아무것도 아는 게 없었다. 그가 자신의 과거 삶에서 기억할 수 있는 건 오로지 그 삼 년의 기간밖에 없는 것처럼 보일 정도였다. 그의 삶에 깊은 흔적을 남긴 것은 그 삼 년 말고는 다른 아무것도 없었다.

그가 자기 인생에 드리워진 커튼을 열어서 보여줄 때마다 우리 눈에 보이는 무대 세트는 항상 똑같은 그 마을이었다. 그의 기억이라는 조명은 다른 장면을 비추는 법이 없었다.

그 마을에 대해 이야기하지 않을 때에는 그는 쿠란을 읽거나 기도를 하고 아니면 혼잣말로 중얼거렸다. "나는 누구 이름도 불 수 없어. 난 그렇게 타락한 인간이 될 수는 없어."

어쩌다 한밤중에 일어나 보면 그는 그때도 늘 기도하고 있었다.

이 젊은이가 행복에 대해 이야기하는 걸 들으면서 나는 브로드스키가 그의 책에서 베니스에 대해 쓴 부분을 떠올렸다. 얼어붙은 해초 냄새가 브로드스키에게는 행복과 같았다.

나로서는 전혀 알 수 없는 어떤 냄새가 그에게는 '완벽한 행복'을 일깨우는 어떤 것이었다.

얼어붙은 해초의 냄새, 고립된 마을, 눈 속으로 걸어 들어가는 일, 바깥세상의 삶으로부터 멀어져가는 일…. 이 모든 것이 행복으로 가는 길이 될 수 있었다.

브로드스키와 그 시골 교사, 서로 닮은 면이라고는 전혀 찾아볼 수 없고, 서로 다른 삶의 차원에 거주하면서 전혀 다른 경로를 걸어온 두 사람은 어떻게 해서 '행복'이라는 같은 단어에 도착하게 된 걸까?

나는 이걸 이해하고 싶었다.

불행이 어떤 것인지를 실체화해 보여주는 철창 안에서 나는 행복이란 무엇인가를 생각하고 있었다. 구리를 금으로 바꿔주는 주문을 찾아다니는 눈먼 연금술사처럼 나는 '얼어붙은 해초'와 '관 뚜껑'을 즐거움으로 바꿔주는 비밀을 알아내려고 고심했다.

나는 구리가 무엇인지 알고, 금이 무엇인지도 알고 있었다. 그리고 구리가 금으로 변화하는 장면을 내 눈으로 똑똑히 지켜볼 수 있었다. 내게도 구리를 금으로 바꾸던 시절이 있었다. 그러나 그 마법의 공식을 알아볼 수 있는 능력이 없었다.

어둠 속에서 수정구를 들여다보는 점쟁이처럼 나는 '행복'이라는 한 단어를 내 손 위에 올려놓고 들여다보았다. 얼마나 찬란하고 매혹적인 단어인가. 그리고 그 비밀을 끄집어내려는 내 노력에게는 또 얼마나 거세게 저항했는지. 매번 들여다볼 때마다 그 단어는 다르게 보였다.

구리는 금으로 변한다. 나는 마침내 이렇게 중얼거렸다. 그러나 구리를 그렇게 바꾸는 방법은 사람마다 다르다. 보편적인 공식이란 존재하지 않는다. 그 공식은 연금술사 개인들, 그들 각자의 영혼 한가운데에, 그들의 과거 안에 숨겨져 있다.

그 철창 안에서 자신과의 싸움을 겪고 있던 그 젊은 교사가 내게 그걸 가르쳐줬다.

나는 내가 그에게서 빌려온 순간, 미니버스에서 내려 눈 속으로 발을 내딛던 순간을 그에게 돌려주지 않았다. 그 순간은 나와 함께 머물렀다. 그건 내 것이 되었다.

더위가 철창의 날카로운 그림자를 타고 기어올라 털 달린 악어처럼 내 살에 이빨을 박아 넣던 그 여러 밤 동안, 나는 그 버스를 떠나 눈 속으로 걸어 들어갔다. 나는 행복하게 추웠다.

나는 내가 어떻게 해서 그렇게 했는지도 모르면서 구리에서 금을 만들어냈다.

그러던 어느 날 아침, 그들은 그 젊은 교사를 끄집어내서는 교도소로 보내버렸다.

그는 누구의 이름도 불지 않았다.

핑크색 폴더들의 공동묘지

아침이 가까워졌지만 밖은 여전히 어둡다. 내 동생 메흐메트
와 나는 법원 건물의 칠 층 복도에서 대기 중이다. 운모를 섞어
넣은 바닥이 형광등 빛을 받아 반짝거리는 복도는 미국 변두리
에 있는 흔한 커피숍들을 떠올리게 만든다. 우리는 열두어 명
에 달하는 경찰관들에 둘러싸여 있다.

우린 둘 다 체중이 줄었다. 제대로 된 영양 섭취와 잠이 부족
한 게 우리 얼굴에 그대로 나타나 있다.

어제 저녁에 우리는 지난 열이틀 동안 갇혀 있던 경찰서 유치
장에서 나와 법원으로 호송되었다.

그들이 우리를 처음 데리고 간 곳은 사방이 철창으로 둘러져
있고 벽에 나무 벤치가 붙어 있는 일 층 대기실이었다.

우리는 그 벤치에 앉았다. 그 자리에는 다른 피의자가 한 사람 더 있었는데, 그 사내는 그 자리에서 처음 만나는 사람이었지만 우리는 그와 함께 재판을 받게 되어 있었다.

우리가 앉은 자리 맞은편 벽에 달린 텔레비전에서는 터키 연속극이 방영되고 있었다. 화질이 무척 좋지 않았고 잡신호가 많이 끼어 있었다. 텔레비전 가까이에 있는 게시판에는 이런 경고문이 붙어 있었다. '텔레비전 관리자 외 누구도 텔레비전을 건드리지 말 것.'

우리는 그 자리에서 세 시간도 넘게 기다렸다.

그러고는 경찰관이 와서 나를 검사실로 데리고 갔다. 내 변호사가 동석했다.

내가 불려 간 검사는 군사 쿠데타 시도가 있던 2016년 7월 15일 전날 밤, 나와 내 동생 메흐메트가 출연한 텔레비전 프로그램에서 '은근한 메시지'를 전달했다는 명목으로 우리 두 사람을 처음 구금했던 바로 그자였다.

작은 방이었다.

검사가 심문을 시작했다. 그는 군사 쿠데타나 국가 전복 음모, 그리고 우리가 전달했다던 '은밀한 메시지'에 대해서는 단 한마디도 묻지 않았다.

그 대신 그의 질문은 우리가 십 년 전에 창간했고, 내가 2012년에 떠나기 전까지 오 년 동안 편집을 맡았던 신문에 집중됐다.

어느 지점에선가 그는 이렇게 말했다. "우린 국가 전복 음모에 관여한 자들이 모두 이 신문에 연결돼 있다는 사실을 확고하게 해놨소."

"그 증거는 어디 있습니까?" 내가 물었다.

그는 언젠가 써먹어 보고 싶어서 할리우드 영화에서 배워두었음에 틀림없는 문장을 중얼거렸다.

"여기서는 질문은 내가 합니다."

"질문은 당신이 하시오. 하지만 당신들이 어떤 사실을 확고히 해놨다고 말하려면 그 증거 역시 당신이 보여줘야만 하는 거요."

물론 그 증거라는 것들은 그날은 물론 그 이후에도 전혀 제시되지 않았다.

그 검사는 극도로 불안정한 상태였다. 그는 끊임없이 방 안을 왔다 갔다 했다. 이따금 자기 의자에 와 앉았지만 곧 다시 일어나 걸어 다녔다.

심문이 반쯤 진행됐을 때, 그의 귀에서 피가 흐르기 시작했다. 그는 피를 멈춰보려고 휴지를 뭉쳐 귀에 틀어막아 놓고는 육

칠 년 전에 간행된 뉴스 기사에 대해 계속해서 질문을 던졌다.

그는 피에 물든 휴지 뭉치를 자기 책상 위에 올려놓았다.

시뻘건 휴지 뭉치가 그의 앞에 한 무더기 쌓였을 무렵, 그는 쿠데타에 대해서는 한마디도 묻지 않은 상태에서 심문을 마무리했다.

경찰관이 와서 나를 아래층으로 다시 데리고 갔다. 메흐메트가 심문을 받으러 끌려갔다.

이미 자정이 다 돼가고 있었다.

나는 벤치에 앉아 지직거리는 텔레비전 화면을 지켜봤다. 두 그룹이 서로를 향해 사격하고 있는 전투 장면이었다. 그러다가 한 젊은 여자와 사내가 손을 잡고 도망갔다.

검사가 내게 던진 질문들로 미뤄봐서는 그가 어떤 죄목으로 우리를 기소할지 알 수가 없었다.

앉아 있는 게 지겨워졌기 때문에 나는 자리에서 일어나 그 철창 안의 한쪽 끝에서 반대쪽 끝까지 걸어 다니기 시작했다.

두 시간 뒤, 그들이 메흐메트를 데리고 왔다.

우리는 다시 기다렸다.

그러더니 느닷없이 여러 명의 경찰이 들이닥쳐서 우리를 위층으로 끌고 올라갔다.

검사가 법정에 우리 두 사람의 체포를 요구한 것이다.

판사 한 사람이 운영하는 단독 법정이었다. 판사는 더위 때문에 불편한 상태였다. 그는 판사 가운의 높은 깃으로 어떻게든 더위를 식혀보려 애쓰고 있었다.

우리는 여태 '은근한 메시지를 전파'한 죄목으로 수감되어 있었지만 그 혐의는 어느새 바뀌어 있었다. 우리는 이제 군사 쿠데타에 참여한 혐의로 법원 측에 통보되어 있었다.

심리가 시작됐을 때, 우리는 판사에게 말했다.

"우린 '은근한 메시지'를 전파한 혐의로 수감되어 있었습니다. 그런데 지금은 그 혐의는 아예 언급되지도 않고 있습니다. '은근한 메시지' 혐의는 도대체 어디로 사라진 겁니까?"

그 말에 판사가 보여준 반응, 그의 얼굴에 서서히 번지던 비아냥거리는 미소는 법원 연대기에 기록될 만한 가치가 있었다.

"검사들은 자신이 의미를 모르는 단어들을 사용하는 걸 좋아합니다."

우리는 그 검사가 자신이 의미를 모르는 단어를 사용하는 걸 좋아하기 때문에 경찰서 유치장 안에서 열이틀 동안 갇힌 채 지쳐가고 있었던 것이다. 그것이 바로 판사가 우리에게 말해준 바이다.

그러고 나서 그의 질문이 시작되었다.

"두 사람은 그 사람들이 쿠데타를 기획하리라는 사실을 예측할 수 없었나요?"

그리고 만족스러운 미소를 지으며 이렇게 덧붙였다.

"나는 예측하고 있었습니다."

우리 변호사가 반론을 제기했다.

"쿠데타를 예측하지 못한 것은 범죄가 아닙니다. 판사님께서는 이 사유로 제 의뢰인들에게 혐의를 제기할 수 없습니다."

판사는 몸을 한 번 쭉 펴고 나더니 이렇게 말했다.

"나는 지금 혐의를 제기하는 게 아니에요. 그냥 잡담을 좀 나누는 거예요."

그러더니 그는 또 다른 이상한 질문을 던졌다.

"당신들이 우리 정부가 부패했다고 이야기했나요?"

변호인이 다시 한번 끼어들었다.

"야당 지도자들도 정부가 부패했다고 이야기합니다. 정부가 부패했다고 말하는 것이 정부 전복의 범죄를 구성하는 조건이 되지는 못합니다."

판사는 그에 대해서는 아무런 대답도 하지 않았다.

그는 나를 향해 몸을 돌렸다.

"당신이 정치적인 사안들에 관심을 끊고 소설을 쓰는 일에만 몰두했더라면."

이자는 우리를 '국가 전복' 혐의로 감옥에 보내기 위해 새벽이 오기 직전의 이른 시간에 재판정에 불러놓고는 우리 앞에 앉아 자기 마음속에 떠오르는 아무 말이나 지껄이고 있었다. 나는 화가 나기 시작했다.

"당신들은 우리가 은근한 메시지를 퍼뜨렸다는 죄목으로 우리를 가뒀습니다. 그리고 아무런 설명도 없이 혐의 내용을 바꿨습니다. 당신들은 우리가 국가 전복을 꾀했다는 혐의를 새로 씌웠습니다. 이 법원 건물 안에 있는 모든 판사, 검사 들이 머리를 맞대더라도 그에 관한 단 한 점의 증거도 내놓지 못할 겁니다."

메흐메트가 말을 이었다. "나는 내 평생 군사 쿠데타에 저항하면서 싸워왔습니다. 그런데 당신들은 지금 내가 정부를 비판했다는 이유만으로 쿠데타를 음모했다고 혐의를 뒤집어씌우고 있소. 이건 아무 증거도 없는 일입니다. 있을 수가 없어요."

판사는 선고를 준비할 동안 휴정하겠다고 선언했다.

아침이 돼가고 있었지만 밖은 여전히 어둡다.

우리는 판사의 선고를 기다리고 있다.

우리는 집으로 가게 될까, 아니면 감옥으로 가게 될까?

나는 다시는 세상을 보지 못할 것이다

해괴한 질문들을 던지는 한 사내가 이 질문에 대한 결정권을 갖고 있었다.

　우리는 피곤하고, 스트레스에 시달리고 있다.

　우리는 많은 수의 경찰관들에 둘러싸여 있다.

　나는 창밖을 내다보고 있다. 도시는 조용하다. 잠들어 있다. 거리는 텅 비어 있다. 가로등은 밝기를 낮춘 것 같다.

　그러다가 갑작스런 움직임으로 부산스러워진다.

　판사가 선고할 준비를 한 것이다.

　저들은 우리를 다시 법정으로 데리고 간다.

　판사가 판결문을 읽기 시작한다.

　"아흐메트 후즈레프 알탄은 보호관찰을 조건으로 석방될 것이며…."

　막 기뻐하려는 찰나 판결의 나머지 부분이 귀에 들어온다.

　"메흐메트 하산 알탄은 교도소로 보낼 것을…."

　나는 육체적인 통증을 느낀다. 마치 그들이 내 간에 쇠꼬챙이를 꽂아 넣은 것 같은 통증이다. 분노의 감각. 저 깊이까지 느껴지는 절망의 감각.

　메흐메트는 나를 향해 돌아서서 미소 짓는다. 그는 내가 풀려나기 때문에 행복해하고 있다.

경찰관들이 우리를 다시 아래층으로 데리고 간다.

메흐메트를 교도소로 이송하려는 경찰차가 중정에 대기하고 있다.

우리는 서로를 껴안는다.

메흐메트가 나를 위로하려 한다.

"걱정하지 마. 우리 중 한 사람이라도 나갈 수 있게 돼서 다행이야."

그들은 메흐메트를 차에 태운다.

차가 떠나는 동안 나는 그 뒷모습을 지켜본다.

그제야 나는 메흐메트가 떠날 때 그에게 한마디도 하지 않았다는 걸 깨닫는다.

경찰관 두 사람이 내게 다가온다. 그들은 나를 법원 밖으로 데리고 나가 풀어줄 것이다.

두 사람이 철문을 밀어 열고, 우리는 복도로 들어선다.

거기에서 나는 그전에 한 번도 본 적이 없는 걸 목격하게 된다. 수천 개의 핑크색 폴더들이 죽은 거북이처럼 바닥에 내던져져 있었다. 숱한 이름들, 배신, 살인, 헤어짐, 파산, 다툼의 이야기들을 담고 있는 파일들이 그것들 안에 들어 있다. 사람들의 삶이 법원 건물 저 깊은 곳에 버려져 있다. 핑크색 폴더들의 비밀 공동묘지.

우리는 그 폴더들을 옆으로 던지고 발로 차서 길을 만들어 가면서 복도를 통과한다. 이리저리 이어진 복도들은 끝이 없고, 폴더들도 끝이 없다. 그중 어떤 것들을 밟고 서 있는 마음이 편치 않다. 마치 사람들을 밟고 서 있는 것 같다.

그러다가 복도가 끝난다.

우리는 계단을 오른다.

그들은 정문을 열고 나를 내보낸다.

새벽이다.

차가운 아침 공기 때문에 몸이 떨린다.

나는 숨을 깊이 들이쉰다.

나는 자유고, 화가 나 있고, 깊이 슬프다.

나는 내 슬픔이 그리 오래가지 않으리라는 사실을 아직 모르고 있다. 저들은 그날 저녁 '수감 명령'을 내리고, 나는 다시 체포될 것이다.

저들은 자기들이 내 동생을 보낸 그 교도소로 나를 보낼 것이다.

부정

나는 대테러 부서에서 나온 네 명의 요원과 함께 경찰차에 탄다. 그들은 나를 교도소로 데리고 갈 것이다.

차가 움직이자 그들 중 한 사람이 말한다. "선생의 소설 《부정 Cheating》을 읽었소."

나는 놀랐다. "그랬습니까?"

그건 내가 쓴 책들 중에서 가장 좋지 않은 반응을 불러일으킨 작품이었다. 많은 사람들이 분노했고, 내가 쓴 것들 중 가장 격렬한 비난을 야기한 작품이었다. 그 모든 비난에도 불구하고 오십만 부 이상 팔려 나갔다.

그 이야기는 부정을 저지른 여인에 대한 것이었는데, 이야기의 어떤 면 때문에 비평가들이 작품을 좋아하지 않았는지는 정

나는 다시는 세상을 보지 못할 것이다

확히 기억나지 않는다.

그 소설과 관련해서 내가 기억하고 있는 장면은 그 작품의 주제와는 아무 관계가 없다.

내가 살고 있는 동네는 옛 오스만제국의 고위 관리들이 살던 저택들을 작은 앞마당을 갖춘 넓은 면적의 아파트로 바꾼 지역으로, 그 앞마당에서는 오래전부터 그 자리에 있던 장미 덩굴은 물론, 등자나무와 석류, 자두나무 등이 여전히 눈에 띄었다. 그 옛적 고위 관리들의 자손들이 아직도 그 아파트에 살고 있었다.

이 동네의 길거리는 조용하고 평화로웠다.

나는 그 거리에서 산보를 하곤 했다.

《부정》이 출간되고 나서 얼마 지나지 않은 무렵인데, 산보를 하다가 정원 바깥쪽에서 이야기를 나누고 있던 세 여인과 마주쳤다.

나이 든 여인 세 사람. 오직 잘 훈련된 눈만이 그 가치를 가늠할 수 있을, 옛적의 보석세공사가 주문을 받아 직접 제작한 브로치며 그들의 목에 드리워진 한 줄짜리 진주목걸이, 그리고 잘 정돈된 은발과 도도한 우아함을 보면 그들이 그곳의 저택에서 젊은 시절을 보냈다는 사실을 알 수 있었다.

나를 보자 그들은 나를 향해 돌아서더니 내 길을 막아섰다.

우리는 얼굴을 마주보고 섰다.

약간 짓궂은, 공범자 같은 미소가 그들의 얼굴에 떠올랐다.

그들이 가까이 다가왔다.

부드럽게 웃으면서 그들 중 한 사람이 말했다.

"그런 걸 어떻게 속속들이 다 아시죠?"

양다리를 걸치고 있는 여자에 대한 이야기를 쓴 소설가에게 이런 질문을 이런 태도로 내놓는다는 건 일종의 고백으로, 나아가 공범의식으로 간주할 수 있을 만한 것이었다.

세상에서 우아함으로 포장된 요염함만큼이나 자극적이고 보기 드물게 매혹적인 게 또 있을까.

우리는 잠시 동안 그 고백을 음미했고, 그런 뒤에 헤어졌다.

나는 그 여인들을 잊은 적이 없다.

나를 교도소로 호송해 가던 경찰관이 반복해서 던진 질문은 아주 다른 종류였다.

"여자들이 정말로 그렇게 바람을 피웁니까?"

'오래전에 사라진 저택들 출신의 나이 든 여인들과 대테러 부대의 형사들 중 누가 더 천진한가?'라는 질문에 대해 '형사들'이라고 대답할 이는 많지 않을 것이다.

그러나 내가 자신 있게 말할 수 있는데, 여자에 관련된 문제에 관한 한 경찰관이 훨씬 천진하다.

시간과의 조우

교도소에서는 무엇이든 세어보게 된다. 좁은 마당을 돌고 또 돌면서 걷는 걸음의 수, 매주 화요일마다 문에 난 구멍을 통해 전달되는 찌그러진 종이 상자에 든 일주일 치 삶은 계란의 개수, 마당에 빗물 배출용으로 설치되어 있는 철제 홈통 옆에서 고집스럽게 자라고 있는 잡초의 수, 자정을 전후해서 나타나는 수리부엉이의 날카로운 울음소리의 횟수.

수인囚人은 모든 걸 센다. 시간만 제외하고. 수인은 시간을 발견한다.

9월의 어느 따뜻한 날, 쨍하게 맑고 밝고 평온하기 그지없는 하늘 아래, 네 명의 경찰관이 나를 법정에서 데리고 나와 도시에서 100킬로미터 떨어진 고도 보안 교도소로 실어 갔다.

나는 다시는 세상을 보지 못할 것이다

그들은 나를 두꺼운 돌담의 미로 속에 풀어놓았다. 돌담은 더러운 노란색이었고, 철창은 진한 밤색이었다.

교도소 입구에서 내 시계, 내 책, 내 담배, 내 칫솔—말하자면 내가 입고 있는 옷을 제외한 모든 소유물—이 압수되었다.

그들은 나를 쇼핑몰에서 흔히 볼 수 있는 커튼 친 사진 부스를 닮은 곳에 집어넣었다. 나는 그 안에서 옷을 벗었다. 그들은 내 옷을 샅샅이 뒤졌다. 그들은 내 셔츠의 깃과 소매, 바짓단을 마치 이라도 잡는 것처럼 손톱으로 꾹꾹 눌러가면서 쥐어짰다.

그들은 내 신발과 재킷을 엑스레이로 투시했다.

나중에는, 감옥을 다룬 영화에서 보여주는 것처럼, 손바닥을 위로 한 상태에서 양팔을 앞으로 내밀었다. 그들은 내 팔 위에 담요 한 장, 푸른색 시트와 베개를 올려놓았다.

교도관이 내 양쪽에 서 있었다. 우리는 걷기 시작했다.

긴 복도를 따라 철창을 지나고, 또 철창을 지나고, 또 철창을 지나고, 오른쪽으로 돌아 계단을 올라갔다. 다시 여러 개의 철창을 지난 뒤 한 철창 앞에 멈춰 섰다.

문에는 '여성 입원실'이라고 써 있었다.

항상 여성에 관한 이야기만 다루는 것으로 유명한 남성 작가를 여성 환자들을 위한 방에 집어넣은 건 단순한 우연이었을까? 아니면 교도소 교정 당국이 일종의 유머감각을 갖고 있는 건가? 나로서는 알 도리가 없었다.

그들은 문을 열고 나를 밀어 넣더니 뒤에서 문을 닫았다. 나는 마치 운명이 봉인되듯이 철제 빗장이 깊은 소리를 내면서 홈 안으로 들어가 걸리는 소리를 들었다.

방은 길쭉한 모양이었다. 틀만 있는 철제 침대 네 개가 놓여 있었다. 얼룩진 매트리스들은 바닥에 아무렇게나 놓여 있었다. 모두 열두 개였다. 방 가운데에는 거의 손가락 굵기만 한 밀랍색 기름 자국이 남아 있는 흰색 플라스틱 테이블이 놓여 있었다.

이 방은 오랫동안 창고로 사용되어 왔던 게 분명했다.

나는 매트리스 하나를 집어 벽 가까이에 있는 침대 틀에 올린 뒤 시트를 씌우고 담요를 올려놓고, 그 위에 베개를 얹어 놓았다.

하얀 테이블 뒤로 짙은 밤색 문 두 개가 보였다.

이 검은색에 가까운 밤색은 알고 보니 공식 색상이었다. 경찰서 유치장과 교도소에 있는 모든 것이 다 이 색으로 칠해져 있었다.

나는 그 두 개의 문 중에서 하나를 밀어 열었다.

칠흑 같은, 꿈틀거리는, 웅얼거리는 소리를 내는 어둠이 그

나는 다시는 세상을 보지 못할 것이다

문 뒤편에서 움직였다.

나는 얼른 그 문을 닫았다.

그 안은 욕실이었다. 누군가가 음식 찌꺼기가 담긴 깡통을 그 안에 내버려 두었고, 욕실은 수천 마리의 자그마한 날파리로 가득 차 있었다.

다른 문 뒤쪽은 화장실이었다.

철창이 둘러쳐 있는 이 입원실의 창문에서는 돌이 깔린 좁은 중정이 내다 보였다.

나는 침대 위에 누웠다.

정적. 깊고, 어두운 정적. 어떤 소리도 움직임도 없었다. 생명이 갑자기 멈췄다. 생명은 조금도 움직이지 않았다. 생명은 차갑고 활기를 잃었다. 생명이 죽었다. 생명은 갑자기 죽었다. 나는 살아 있었지만 생명은 죽었다.

나는, 나는 죽더라도 생명은 계속해서 이어질 것이라고 믿어 왔다. 그러나 생명이 죽고 나는 뒤에 남겨졌다.

나는 이 죽어버린 생명 속으로 한 줄기의 공기를 불어넣어야 했다. 신이 인류를 창조하기 위해 흙덩어리에 생명의 호흡을 불어넣었듯이, 나 역시 나 자신의 호흡으로 생명을 창조해내야 했다.

생명에 생명을 불어넣는 호흡이란 대체 어떤 것인가? 내가 어떻게 이 일을 할 수 있는가? 이 기적을 일으키는 데에는 오직 한 가지 방법밖에 없었다. 상상하는 것.

신이 진흙 한 무더기를 보면서 우리가 인류라고 부르는 복잡한 존재를 상상했던 것처럼, 나 역시 한 덩어리의 진흙을 연상시킬 뿐인 이 죽어 있는 생명을 보면서 또 다른 생명을 상상했다.

나는 여기에 내 숨을 불어넣게 될 것이다.

끝도 없이 펼쳐진 사막에서 어디에 가야 물이 풍부한 오아시스를 찾을 수 있는지 알고 있는 베두인처럼 나는 내 내면에 있는 상상력의 샘을 향해 자신 있게 나아갔다. 나는 그것이 어디에 있는지 이미 잘 알고 있었다.

여기에서 나는 끔찍한 진실에 직면하게 되었다.

물은 말랐고 오아시스는 사라졌다.

나는 상상할 수 있는 능력을 잃어버렸다. 나는 단 한 가지도 상상할 수 없었다. 나의 마음은 석화되어 있었다. 단 하나의 이미지도 그 안에서 움직이지 않고 있었다. 내 상상력의 근거지에 대한 마술적인 이미지들은 내 정신의 벽에 탈색된 프레스코 벽화처럼 달라붙어 있었다. 그것들은 되살아나려 하지 않았다.

그 순간, 나는 두려움을 느꼈다. 나는 죽어버린 생명의 시체 안에 갇혀 있었다. 나는 움직일 수 없었고, 그것에서 빠져나올

나는 다시는 세상을 보지 못할 것이다

수 없었다. 내게는 불어낼 숨이 남아 있지 않았다. 나는 공허의 한가운데에 들어 있었다. 죽은 생명의 시체가 내 주위의 공기를 모두 빨아들이고 있었다.

베르길리우스를 대동하지 않고 지옥에 들어선 단테처럼, 나는 '죽은 생명'의 단계에서 그보다 더 호된 처벌이 기다리고 있는 더 낮은 단계로 미끄러져 내려가고 있었다.

그 단계에서는 생명의 죽음과 더불어 더 무거워지고 더 느려진 시간이 나를 향해 거대한 파충류처럼 기어 오고 있었다.

그곳에는 시간을 시와 분, 초로 나누어 더 빨리 가게 만들어주는 시계가 없었다. 그곳에는 시간을 조각조각 나누어줄 수 있는 움직임도, 생각도, 이미지도 존재하지 않았다.

시간은 단일한 독립체, 거대한 파충류가 되어 있었다.

순간들을 분리할 수 없을 때, 그것들은 서로에게 달라붙어 부풀어 오르게 된다.

그것들은 젤리로 이뤄진 반투명한 산처럼 내게로 밀어닥쳐 내 위로 무너지면서 내 입과 코 안을 가득 채워 호흡을 막아 나의 마음, 나의 영혼, 나의 몸 모두를 질식시켜 죽이려 했다.

템푸스 압솔루토Tempus absoluto. 뉴턴이 말했던 절대 시간이 인간이 감각할 수 있는 모든 것을 넘어 어떤 방해도 받지 않은 속도로 우주로부터 미끄러지면서 움직여 와서 마침내 여기에 도달했고, 이 더러운 입원실에 누워 있는 내 위로, 내가 도망칠 여지를 조금도 남기지 않고 덮쳤다.

이제야 나는 인간들이 왜 시계를 발명했는지, 왜 그 시계를 거리에, 광장에, 탑에 설치했는지 이해할 수 있다.

그들이 이렇게 한 것은 시간을 알기 위한 게 아니었다. 그들은 시간을 쪼개고 그렇게 해서 시간으로부터 탈출하려 한 것이었다.

시간의 덩어리가 그 무기력하고 형체 없는 공허의 한가운데에 있는 내 위로 떨어져 내려 양쪽 폐가 터져버릴 것 같을 때까지 짓누르고 있던 때, 나는 이성이 아니라 본능을 통해서 나 스스로 새로운 시계를 발명해야 한다는 사실을 깨달았다.

그 병실의 한쪽 끝에서 반대쪽 끝까지 지그재그로 걸어가는 데에는 열여덟 걸음이 필요했다.

서두르지 않고 걷는다면 매 걸음에 일 초가 걸릴 것이다. 열 번을 왕복한다면 모두 백팔십 초—달리 말하자면 삼 분—가 경과하게 될 것이다.

나는 바닥에서 찾아낸 신문 한쪽을 열 개의 작은 조각으로 찢어서 나누었다.

매 백팔십 걸음을 걸을 때마다 나는 그 열 조각 중 하나를 탁자의 한쪽 구석에 올려놓았다.

열 조각이 모두 그 위에 쌓였을 때, 나는 반 시간이 지났다는 걸 알 수 있었다.

나는 신문지 시계를 발명했다.

나는 경찰 본부의 공기도 희박하고, 해도 들지 않는 지하 유치장에 열이틀 동안 감금돼 있다가 이리로 옮겨졌다. 피곤했다. 병실의 한쪽 구석에서 반대쪽 구석으로 걸어 다니다가 지쳐버렸다. 하지만 멈출 수가 없었다. 시계가 작동하도록 하기 위해서, 시간이 쪼개지도록 하기 위해서, 걸어야만 했다.

나는 그 시계의 태엽 스프링이었다. 내가 멈추면 그 시계도 멈췄고, 절대 시간이 내 위로 무너져 내렸다.

그래서 나는 걸었고, 언제나 걷고 있었다.

이 새로운 시계 스프링의 구석구석이 다 아팠지만 나는 멈추지 않았다.

이렇게 해서 나는 시간을 성공적으로 분과 초로 나누었는데, 그것들이 하루 중 어느 시각에 해당하는지도 알고 싶어졌다.

쇠로 된 빗장으로 잠긴 채 방치된 먼지투성이의 병실에서 나는 시간에 대항해 싸웠다. 이 싸움을 위해서는 내가 생각해낼 수 있는 모든 무기들을 동원해야 했다.

태양이 하늘의 정중앙에 도달했을 때, 그 빛은 병실의 창문이 마주하고 있는 돌이 깔린 작은 중정을 정확히 반으로 갈랐다. 절반은 볕이 들었고 다른 절반은 그늘에 들었다.

그러고 나서 빛은 천천히 줄어들면서 반대편 담장으로 기어올라갔다.

내 어림짐작으로는 태양은 여섯 시나 여섯 시 반쯤에 담장 꼭대기까지 올라갔다가 그 뒤로는 퇴각했다.

빛이 중정의 한가운데에서 출발해서 담장의 꼭대기까지 올라가는 데에는 여섯 시간이 걸렸다.

나는 중정의 가운데에서 담장 꼭대기에 이르는 거리를 내 마음속에서 여섯으로 나눴다. 이제 나는 낮 동안의 시각을 가늠할 수 있었다.

이렇게 해서 나는 해시계 또한 발명했다.

죽어 있는 생명, 한 덩어리의 공허로 이뤄진 세계 속에서 이것들은 위대한 승리였다.

나는 시간이 서서히 움직이면서 내게 살금살금 다가와 나를 짓누르고, 내 폐를 눌러 폭발하게 만드는 걸 멈출 수 있었다.

도저히 견딜 수 없는 피로 때문에 침대에 쓰러져 정신없이 곯

나는 다시는 세상을 보지 못할 것이다

아떨어졌던 짧은 순간을 제외하고, 나는 사흘 동안 멈추지 않고 걸었다.

나는 걸었다. 그리고 그 걸음을 셌다.

그렇게 해서 사흘을 채워갈 무렵, 정신없이 곯아떨어져 있던 침대에서 깨어나던 순간, 나는 내 안에서 하나의 기적이 일어나고 있는 것을 느꼈다.

상상력이 돌아오고 있었다. 내게 이야기를 들려줄 세헤라자데가 미소를 지었고 그녀의 머릿결이 헝클어지면서 물결쳤다. 프레스코 벽화들이 움직였다.

오아시스의 수면이 흔들리면서 다시 생명이 돌아왔다.

나는 먼지에 불어넣어 삶에 생명을 부여할 성스러운 숨을 되찾았다.

나는 다시 한번 생명과 시간의 창조주가 되었다.

나는 신을 탄생시켰다.

닷새 후에 그들은 나를 그곳에서 *끄집어냈다*. 나는 웃으면서 걸어 나왔다. 나는 산에서 내려오는 모세처럼 웃었다.

지금 나는 수천 개의 감방 중 하나의 감방에서 살고 있다. 이 방에는 플라스틱 틀 때문에 초록색 꽃처럼 보이는 시계가 걸려 있다.

나는 더 이상 절대 시간을 느끼지 않는다. 그것은 우주 속 원래의 자리로 돌아갔다. 어느 누구의 눈에도 보이지 않는다.

나는 더 이상 시간을 세지 않아도 된다.

감옥 안에서 나는 시간의 두 가지 모습, 온전한 절대의 그것과 나누어진 그것을 재발견했다.

지금 나는 내 안의 상상과 내 시계를 모두 갖고 있다.

내 상상 속으로 끝없는 여행을 다니다가 이따금 교도소 안으로 돌아올 때, 나는 계란, 잡초, 수리부엉이 울음소리의 수를 센다.

매일 밤, 수리부엉이는 세 번을 운다.

나는 다시는 세상을 보지 못할 것이다

내 감방 주변에서의 여행

내가 여덟 살이었을 때 문학에 대한 내 견해는 정확하고 흔들리지 않았고, 나 자신에 대한 확신은 지금의 그것보다 훨씬 컸다.

나는 O. 헨리가 세상에서 가장 뛰어난 작가라고 결정해두고 있었다.

금주령 시절, 앤디네 이 달러짜리 지팡이를 사서 그 대가리를 오른쪽으로 두 바퀴 완전히 돌린 뒤 그걸 입에 갖다 대는 센스를 가졌던 이들은 그 눈썰미에 대한 보상으로 한 컵 분량의 밀수 위스키를 목구멍으로 흘려보낼 수 있었다.

이런 문장을 쓰는 이가 세계에서 가장 뛰어난 작가가 아니었다면 대체 누가 그 자리를 차지할 수 있었겠는가?

그리고 상황이 엉망진창이 되었을 때 그 세 명의 야바위꾼들이 내린 결정은 또 어떻고. 정말 놀랍지 않았나?

정직이야말로 가장 훌륭한 방책이라는 최선의 방향으로 결론이 모아졌다.

어느 날 정원에서 차를 마시는 자리에서 나는 내 숙부의 약혼녀에게 O. 헨리에 대한 나의 판단을 들려주었다.

그 젊은 여인의 얼굴에 피어오른 그토록 온화한 미소는 그녀 옆에 놓여 있던 커다란 파라솔과 앞에 놓인 탁상보, 그리고 자갈이 깔린 통로와 더불어 나의 기억에 사진처럼 각인되었다.

그 나이에도, 누가 나를 향해 그토록 온화한 미소를 지어줄 때는 뭔가가 잘못되어 있다는 신호라는 점을 나는 알아차릴 수 있었다.

"그 문제에 대해서 그렇게 최종적인 결정을 내리기 전에 다른 고전들을 좀 더 읽어보는 게 어떨까." 그녀가 내게 말했다.

그러나 나는 온화한 미소 하나 때문에 마음을 바꾸는 부류의 아이가 아니었다.

나는 내 생각을 그대로 고수했다.

열 살 때, 아버지가 그자비에 드 메스트르의 《내 방 여행하는 법》을 주셨다. "아마 마음에 들 거다"라고 하셨다.

아주 마음에 들었다.

결투를 했다는 이유로 왕에게서 자기 방에 감금되는 형을 받은 뒤 방 하나라는 물리적 한계 안에서 자신의 삶과 생각을 묘사한 이 말썽꾸러기 귀족에게 O. 헨리는 자신의 왕좌를 양도했다.

한 개의 방 안에서 이뤄지는 삶에 대해 이야기하는 것, 그건 상당히 흥미로운 무엇이었다.

그로부터 머지않아 나는 '최고의 작가' 같은 분야는 없다는 사실을 깨닫게 되었다.

저들이 나를 체포해서 감방에 처넣었을 때, 나는 불가피하게 단 하나의 방 안에서의 여행에 대해 생각하게 되었다.

나 역시 여행을 떠나기로 결심했다.

내가 여행을 하기로 한 방은 메스트르의 그것과는 상당히 다르다.

이 방은 두 개의 철문을 갖고 있다. 하나는 복도를 향해 열리고, 다른 하나는 중정을 향해 열린다. 복도를 향한 문은 항상 잠겨 있지만, 중정으로 통하는 문은 매일 오전 여덟 시부터 오후 여섯 시까지 열려 있다.

복도로 통하는 문의 가운데에는 바깥쪽에서 빗장을 질러놓은 개구부가 있다. 저들은 그 개구부로 우리에게 음식을 전달하고, 전할 메시지가 있을 때에도 그곳을 통해 말한다. 대답을 하려면 수감자들은 허리를 굽혀야만 한다.

감방의 길이는 여섯 걸음이고, 폭은 네 걸음이다.

중정에서 안으로 들어오려면 또 하나의 철문이 달린 대기실을 거쳐야 한다. 그 문 안에는 변기와 샤워기, 그리고 세면대가 있다. 그 문에는 자물쇠가 달려 있지 않다.

화장실 옆에는 철제 싱크대가 벽에 매달려 있다. 우리의 접시, 포크, 잔과 전기 주전자가 그 위에 놓여 있다. 싱크대 위에는 철제 찬장이 붙어 있다. 우리가 매점에서 구입한 차, 커피, 설탕, 소금, 올리브 오일, 비스킷 따위가 그 안에 들어 있다.

철제 싱크대가 마주하고 있는 벽에는 작은 냉장고가 있고, 그 위에는 작은 텔레비전이 놓여 있다.

복도로 통하는 문 옆에는 복층으로 올라가는 돌계단이 있는데, 위층에는 바닥에 쇠못으로 고정된 쇠 침대와 철제 옷장이 각각 세 개씩 놓여 있다. 다른 가구는 없다.

계단 밑의 빈 공간은 창고 역할을 하는 곳인데, 거기에는 세제 병들을 담은 플라스틱 버킷과 빨래할 때 쓰는 큰 플라스틱 통, 화장실 휴지와 종이 타월, 냅킨, 병에 든 물, 여름에 사용하는 선풍기, 여유분의 차와 커피 등이 보관되어 있다.

우리가 사용하는 작은 흰색 플라스틱 탁자는 너비가 1미터, 길이가 1미터이고, 플라스틱 의자 세 개는 중정으로 통하는 문 바로 왼쪽에 놓여 있다.

우리는 시간의 대부분을 그 플라스틱 의자에 앉아서 보낸다.

우린 매점에서 얇은 쿠션을 각자 하나씩 샀다. 두 개를 사는 건 허용되지 않기 때문에 설거지용 스펀지를 사서 테이프로 이어 붙인 뒤 쓰레기봉투에 넣어 보충 쿠션으로 만들었다.

우리는 그 플라스틱 테이블에 둘러앉아 식사를 한다.

나는 매점에서 산 볼펜을 이용해 그 테이블 위에서 내 변론과 에세이를 쓴다.

내가 글을 쓰는 동안 내 감방 동료들은 근처에 앉아 텔레비전을 시청한다.

나는 아무 데서나 쓸 수 있다. 주변의 소리나 움직임은 내게 방해가 안 된다. 어떤 편이냐면, 일단 글을 쓰기 시작하면 나는 주변에서 벌어지는 일들로부터 멀어진다. 나는 혼자 보이지 않는 방 속으로 들어가 바깥 세계와의 연결고리를 모두 끊어버린다.

내가 쓰고 있는 대상에 관한 것 외의 다른 모든 일들은 잊어버리는 것이다.

망각이란 인간이 자유를 얻을 수 있는 가장 중요한 경로다. 감옥, 감방, 담장들, 문들, 자물쇠들, 이런저런 문제들과 사람들, 내 삶에 한계를 설정하면서 '당신은 이 지점 너머로는 갈 수 없어'라고 말하는 모든 사물과 사람들이 지워지고 사라지는 것이다.

글을 쓰는 행위는 마법과 같은 역설을 품고 있다. 그것은 세상을 향해 자신을 열어놓고 자신의 말을 내어놓는 행위임과 동시에 글쓰기 안으로 피신하고 숨어드는 행위이기도 하다.

글쓰기는 글을 쓰는 사람으로 하여금 무언가를 잊게 만드는 일이면서 동시에 그 사람이 기억되게끔 하는 행위이기도 하다.

모든 작가들이 그렇듯이 나 역시 잊는 것, 그리고 기억되는 것 두 가지 모두를 원한다.

잊고자 하는 욕망은 순수한 것이다. 누구나 원하고, 누구나 이해하는 것이고, 누구나 쉽게 입 밖에 낼 수 있는 욕망이다.

기억되기를 바라는 욕망은 그렇게 쉽게 받아들여지지 않는

나는 다시는 세상을 보지 못할 것이다

다. 그 욕망은 탐욕스럽고 교만한 것으로 보이고, 사람들을 화나게 만든다. 사람들은 그 욕망을 불멸하는 존재나 가질 수 있는 성스러운 권리에 대한 요구로 여긴다.

맞는 말이다.

하지만 신들에게 속한 불을 훔치고 싶어 하는 게 뭐가 잘못됐는가? 인간적 모험이란 또한 신이 되어가는 과정의 모험이 아닌가?

살아간다는 건 한편으로는 조금 더 신에 가까워지면서 동시에 인간적인 평범함에 조금 더 깊이 빠져드는 상태가 지속되는 걸 의미하는 것 아닌가? 우리는 한편으로는 죽음을 망각하고 가련한 야망의 진흙탕 속에서 뒹굴며 우리 자신의 몸을 더럽히지만 그와 동시에 우리가 죽음에 맞서 수행하고 있는 싸움의 창조적인 빛은 세계를 밝히고 있지 않은가?

왜 신이 되려는 욕망을 포기해야 하는가?

한 존재가 등 뒤에 철문이 잠긴 감방 안에서 플라스틱 의자에 앉은 채 잊히라는 선고를 받았을 때, 그 존재가 품는 기억되고자 하는 욕망은 자기 존재를 옹호하려는 인간적인 필요에 해당한다고 나는 믿는다.

내가 글을 쓴다는 건 "나는 당신을 잊을 것이다. 그러나 당신은 나를 기억할 것이다"라고 말하는 것이다.

이건 얼마나 극심한 교만이고 자기중심적인 말인가. 그렇다.

그러나 여전히, 사람들에게 은혜를 베풀어달라고 청하는 위선적인 겸손이나 자신에 대한 불성실보다는 이쪽이 낫다.

O. 헨리의 주인공이 말했듯이 정직이야말로 가장 훌륭한 방책이라는 최선의 방향으로 결론이 모아졌다.

플라스틱 탁자와 의자는 글을 쓰기 위한 것이고, 중정에서의 산책은 꿈을 꾸기 위한 것이다.

누구에게나 그렇듯이 내게도 두 가지 종류의 꿈이 있다. 이뤄질 수 있는 것들과 절대로 이뤄질 수 없는 종류의 것들.

이뤄질 수 있는 꿈들은 나를 두렵게 만든다. 그 이유는 모르겠다. 나는 실제로 이뤄질 수 있는 일들에 대해서는 거의 절대로 꿈꾸지 않는다. 그러나 이런 건 내가 전적으로 통제할 수 있는 문제가 아니어서 때때로 이뤄질 수도 있는 꿈의 영역에서 배회하게 되기도 한다. 그런 꿈 가운데 하나가 시골에 평화롭고 행복한 집을 갖는 것이다. 조용한 서재, 아름다운 정원, 시냇물.

사실 나 같은 처지의 사람에게는 어떤 꿈도 성취 가능한 것으로 분류될 수 없지만 여전히 이런 꿈들을 성취 가능한 것으로 여기게 되는 걸 어쩔 수 없다.

나는 다시는 세상을 보지 못할 것이다

나는 그 꿈들로부터 탈출한다.

계속해서 그 꿈들을 꾸고 있다가는 그것들이 절대로 실현되지 않을 것 같아 두려워진다.

그 대신, 나는 성취 불가능한 꿈들 속으로 나를 내던진다. 내 마음대로 시간과 공간을 조작하고, 그 안에서 시대와 내 나이까지 마음대로 선택할 수 있는 꿈들. 그곳은 즐거움과 게임으로 가득 찬 마법의 정글 같은 세계다. 나는 그 세계 속에서 내 삶을 매일 다른 모양의 틀에 넣어 주조해낸다.

성취할 수 있는 꿈들과 성취할 수 없는 꿈들 사이에서 때때로 하나의 이미지, 어떤 음성, 어떤 얼굴, 문장 한 줄이 내 주의를 끄는데, 그때마다 나는 그것들을 언젠가 소설로 써낼 수 있도록 특별한 장소에 즉각 잘 보관해 둔다.

결국에 가선 그 한 줄의 문장, 하나의 음성, 하나의 이미지는 피와 살을 입고 나타나 번식하게 되고, 그렇게 해서 만들어진 새로운 장면 안에서는 또다시 새로운 사람들, 새로운 음성이 나타나게 된다. 부풀어 올랐다가 깨져 싹이 트는 씨앗처럼 확장되는 것이다. 나는 그 사람들을 보고, 그들이 하는 말을 듣고, 그들에게 말을 건다.

그와 동시에 나는 내 감방으로 돌아가 그 내용을 내 공책에 적어 넣는다.

그런 순간들에, 나는 엄청난 희열을 느낀다. 그런 순간들 속에서, 내가 가닿지 못하는 내 마음의 한쪽 구석이 내게는 알려지지도 않은 채 새로운 소설을 시작할 준비가 돼가고 있다.

사실 내가 미치지 못하는 그 구석과 나의 관계는 매우 이상한 데가 있다. 나는 그런 곳이 있다는 사실은 알고 있지만 그 안에 들어가거나 그 문을 열어보려는 시도는 하지 않는다. 사실은 그곳에 대해 생각조차 하지 않는다. 다만 내가 그 안에 던져넣은 그 모든 장면, 그 모든 사람들이 충분히 숙성된 뒤 내가 전혀 예상하지 못했던 순간에 다시 튀어나와 "자, 얼른 가서 글을 쓰기 시작해"라고 말을 건네는 순간을 기다릴 뿐이다.

중정에서의 내 산책 시간은 깊은 생각과 나 자신과의 논쟁, 꿈꾸는 일, 그리고 새 소설의 장면들로 채워진다.

봄이 가까워져오면서 새들이 급격히 불어나 중정 위를 막고 있는 철창에 와 앉는다.

그놈들은 즐겁게 우짖는다.

구애의 과정에서, 수놈은 암놈에게 교도소 근처의 벌판에서 자라는 꽃들―아주 가느다란 줄기에 달려 있는, 하얀 레이스 조각처럼 보이는 꽃과 반쯤 피어난 작은 데이지―을 물어다 준다.

새들은 그 꽃을 우리 중정에 떨어뜨리기도 한다. 우리는 그것을 주워서 물을 채워 넣은 빈 소다 병에 꽂아 둔다. 그리고 그 소다 병 꽃병을 탁자 가운데에 둔다.

다음 날 아침, 간수들이 와서 그 꽃을 수거해 간다. 꽃은 교도소에서 금지되어 있다.

교도소의 중정은 그것만의 계절, 해의 움직임, 그것만의 비를 갖고 있다. 겨울에 해는 담장의 꼭대기 부분에만 간신히 핥듯이 걸쳤다가 사라진다. 봄에는 중정의 한쪽 귀퉁이를 비춘다. 여름에 햇빛은 중정의 한가운데까지 들어온다. 그러나 어느 계절에도 햇빛이 중정 전체를 골고루 비추지는 않는다. 어느 한쪽 면은 항상 그늘에 들어 있다.

어린 시절부터 나는 늘 비가 내리는 곳과 내리지 않는 곳의 경계선에 대해 생각해왔고, 그 선이 어디일까 궁금했었다.

교도소 안에서 나는 그 선을 실제로 목격했다.

비가 중정의 절반에만 내렸다. 비구름이 우리 중정의 한가운데에서 끝난 것일 수도 있고, 담벼락이 바람을 막으면서 중정의 어느 선을 넘어서는 지점에는 빗방울이 떨어지지 않았던 것일 수도 있다.

나는 마치 어린아이처럼 중정에서 비와 더불어 놀았다. 비가 오는 쪽으로 한 걸음을 디뎌 비에 젖었다가 한 걸음을 물러나 비의 바깥에 서 있었다.

중정의 절반은 젖었고 절반은 마른 채로 있었다. 하나의 직선이 중정을 두 구간으로 나누었다. 내게는 기적처럼 보였다. 어쩌면 실제로 기적이었던 건지도 모른다.

내 감방에는, 드 메스트르의 방과는 달리, 그림도 걸려 있지 않고, 장식물도, 소파도, 안락의자도 없다. 이 방에는 거기에 기대서 이런저런 생각과 공상에 빠질 가구들도 거의 없다.

나는 내 자리를 모두 세 군데에 갖고 있다. 걸으면서 중정에 있거나, 실내에서 의자에 앉아 있다. 아니면 침대에 있다.

어느 날 저녁 설핏 잠이 들었다가 깨어나 보니 달이 철창 바로 위에 걸려 빛나고 있었다. 달빛은 눈에 보이는 하늘 거의 전체를 비추고 있었다. 짙푸른 배경 위로 은색 빛이 비치는 걸 보고 있자니 두려움이 몰려왔다. 감옥 안에서 그처럼 아름다운 어떤 걸 보는 건 끔찍한 일이었다. 달빛과 그 아름다움이 나를 두렵게 만들었다. 나는 잠시도 주저하지 않고 침대에서 일어나 아래층으로 내려갔다.

마음 한구석에서는 그 자리에 머물면서 달을 지켜보고 싶었지만 담장 밖의 삶과 그 아름다움을 기억하는 일에 대한 두려

나는 다시는 세상을 보지 못할 것이다

움이 다른 한쪽 구석에서 일어나면서 그 희망을 억눌렀다. 나는 달로부터 탈출했다.

이따금 비행기들이 중정 위로 지나가곤 한다. 밤에 내가 누워 있는 자리에서 그것들이 보인다. 비행기들은 자유로운 나라들을 향해 날아간다. 그것을 볼 때마다 나는 비행기 객실에서 나는 특유의 냄새를 기억하고, 내가 했던 여행들을 기억하고, 어느 외국 땅에 내리던 일과, 그때 내 속을 울렁이게 만들던 흥분을 기억한다.

비행기들은 수도 없이 다양한 종류의 갈망을 단 한순간에 불러일으키기 때문에 비행기들을 보는 일 또한 나는 두렵다. 나는 그것들을 보고 싶지 않다.

나는 내 동생 메흐메트 알탄과 같은 교도소에 수감되어 있지만 저들은 우리를 다른 감방에 갈라놓고는 서로 만나는 것을 허용하지 않는다. 메흐메트가 처음 이 교도소로 왔을 때, 교도관으로부터 그 사실을 들어 알게 된 수감자 하나가 그가 있는 감방의 중정과 맞닿아 있는 담장 너머에서 이렇게 소리쳤다. "메흐메트 베이, 여기서는 바깥에 대해 잊어야 합니다. 그러지 않으면 여기서 보내는 시간이 아주 힘들 거요."

이건 아주 중요한 충고다.

바깥세상에 다른 삶이 있다는 걸 잊어야 한다.

그러나 자기 자신에게서 무언가에 대한 갈망을 제거한다는 건 가능하지 않은 일이다. 바깥세상의 삶을 잊을 수는 있겠지만 사랑하는 사람들을 잊을 수는 없는 일이고, 아름다운 것들을 하나씩 목격할 때마다 그들을 향한 갈망은 더욱 깊어진다.

때로 발작적으로 일어나는 갈망은 너무나 격심해서, 마치 저 안의 어떤 존재가 몸을 뚫고 뛰쳐나오기라도 하려는 것처럼, 폐가 부서지는 것 같은 느낌을 받게 된다. 곧 죽을 것 같은 느낌이다. 그럴 때는 몸을 움직여서 그 존재에게서 도망치는 수밖에 없다.

낮 시간에 그런 일이 생기면 대개 중정으로 나간다. 걷고 걷고 또 걷는다. 몇 시간이고. 마음이 가라앉을 때까지.

하지만 밤에 그런 일이 벌어지면? 갈 곳도 없고, 걸을 곳도 없고, 움직일 곳도 없다. 그럴 때는 의자에 앉는 수밖에 없다. 문은 모두 잠겨 있다. 이때가 감방 안 여행에서 가장 힘든 시간이다.

이런 갈망에는 이상한 종류의 죄의식이 섞여 들기도 한다. '얼마나 그녀를 갈망하고 있는지를 말하지 않았던' 것에 대해 화가 난다. 실제로는 그녀에게 그렇게 말했지만 그 순간에는 그러지 못했던 것처럼 느껴진다. 바로 그 순간 그녀에게 그 말을 하고 싶어지는 것인데, 그러나 그건 가능하지 않다. 문이 잠겨 있다는 사실이 절실하게 느껴지는 건 바로 이런 순간에서다.

나는 그녀의 얼굴을 기억하고, 그녀의 목소리를 기억하고, 그녀의 손길을 기억하고, 그녀의 냄새를 기억하고, 그녀의 웃음을 기억하고, 그녀와 내가 함께했던 일들을 기억한다.

교도소 안에서 한 사람이 경험하는 이런 종류의 갈망을 묘사하는 건 불가능한 일이다. 그건 너무나 깊고, 너무나 노골적이고, 너무나 원초적인 것인데 어떤 언어도 그처럼 노골적이고 원초적일 수는 없다. 이것들은 총에 맞아 죽어가는 개의 으르렁거림과 신음 소리로만 묘사될 수 있을 뿐이다.

그 느낌을 이해하려면 수감자들 내면의 탄식을 들어야 할 텐데 그걸 들을 수 있는 방법은 없다.

그렇게 내면에서 신음을 흘리고 있는 이들은 그들이 그토록 그리워하는 사람에게 그 소리를 듣게 하지도 못한다. 부끄러움 때문에 그것을 숨기기 때문이다.

모든 것에는 치유 방법이 있다. 하지만 갈망만은 예외다.

교도소에서는 자원이 부족하기 때문에 창조성이 강화된다. 쓰레기봉투로 커튼을 만들고, 티 스푼으로 커튼걸이를 만들고, 오 리터짜리 물통으로 역기를 만들고, 상자 종이로 피리를, 식기 세척용 스펀지로 쿠션을, 티셔츠로 베갯잇을 만든다.

복도에 가까운 담벼락에는 교도소의 공지사항을 붙여 놓는 게시판이 있다. 우리는 거기에 미모사와 금귤 사진을 붙여 놓는다. 빛으로 만들어진 이 꽃들이 우리의 게시판을 장식한다.

내 여행의 마지막 지점은 바로 그 미모사 나무다.

나는 그걸 오랫동안 바라본다.

우선 나는 그 꽃의 냄새를 맡고, 가지들이 부딪히는 소리를 듣고, 그러고는 내 얼굴을 스치는 바람의 선선한 기운을 느낀다.

나는 선들바람에 부드럽게 흔들리는 미모사 나무 옆에 서 있다.

"왔어?" 목소리가 내게 말한다. "오래 기다렸어."

나는 그 미모사 나무를 바라본다. 며칠, 몇 주, 몇 달 동안을 바라본다.

꿈

  내가 잠자리에(철제 침상 위에서 정부의 직인이 찍힌 담요를 덮고)
들기 전에 마지막으로 보는 것들은 창문에 박혀 있는 쇠창살과
중정 위를 덮고 있는 철창이다.

  하지만 이 이미지들은 아직 내 꿈속으로는 들어오지 못했다.
교도소를 벗어나는 꿈은 몇 번 꿨는데, 교도소 안의 생활과 이
감방에서의 경험에 대해서는 한 번도 꿈을 꾼 적이 없다.

  내 안에 있는 꿈 제작자들은, 당분간은, 내 교도소 생활에 관
심이 없는 모양이다.

  언젠가 한번, 스웨덴에서 오래 망명 생활을 해온 작가 친구에
게 어느 나라 말로 꿈을 꾸느냐고 물어본 적이 있다. 그는 첫 오
년 동안은 터키어로 꿈을 꿨지만, 그 뒤로는 죄다 스웨덴어였다

고 말했다.

교도소 꿈을 꾸려면 아마 더 많은 시간이 지나야 할 모양이다.

나로 하여금 교도소 안에서 꾸는 꿈에 대해 깊이 생각하게끔 만든 건 교도소와는 아무 관계도 없는 꿈이었다. 사실은 꿈이라고 하기에는 너무 짧았다.

어떤 여자, 내가 한 번도 본 적 없는 여자가 내 꿈속으로 걸어 들어왔다. 평범한 얼굴에 평범한 몸매, 흔히 볼 수 있는 옷을 입은 여자였다. 그 여자는 잠깐 모습을 보였다가 곧 사라졌다. 그녀의 얼굴은 기억나지 않는다. 내가 기억하는 건 그 얼굴이 아주 평범했다는 사실뿐이다.

꿈의 빛은 그 여자를 거의 조명하지 않았다. 그 대신에 그 신비의 빛은 그 여자의 손목에 있는 아주 작은 붉은 점 위에 떨어졌다. 그 꿈속에서 유일하게 밝았던 부분은 그 점이었다.

나는 눈을 떴다. 깨어나는 동안 '그 붉은 점은 도대체 뭔가?'라는 질문이 이미 마음속에 있었다. 깨어나기 전부터 그 생각을 하고 있었음에 틀림없었다.

마음이 불편했다.

누구나처럼 나는 온갖 종류의 꿈에 익숙해져 있다.

매일 밤 우리가 잠든 뒤에 마음속 깊은 곳에서 자기 일을 시작하는 정체불명의 석수장이들은 우리가 지능과 이성을 통해 대충 모양을 다듬어놓은 생각과 감정의 커다란 대리석 덩어리를 그들의 망치를 이용해서 잘게 부수어놓는다.

생각, 욕망과 두려움—모두 고삐가 풀려 있고, 어떤 종류의 이성적이거나 지적인 틀에도 맞아떨어지는 게 불가능하고, 모든 논리적 일관성을 파괴하는—이 그 반항적인 특성을 총동원해서 우리의 영혼을 침탈한다. 신들이 그런 것처럼 그것들은 기존의 모든 규칙에 반항하는 세계를 창조한다.

꿈이란 우리 안의 신이다. 혹은 광인이다.

신이나 광인의 특질로 알려진 이런 비이성성에 의한 반란 사태는 우리 존재가 필요로 하는 광기와 그것이 원하는 이성으로부터의 잠시 잠깐의 이탈에 복무하는 것인가? 아니면 우리에게서 이성을 박탈하고 광기의 영역에 가둬놓기 위한 것인가?

모르겠다. 하지만 나는 광인들이 어떤 꿈을 꾸는지 궁금하다.

광인은 꿈속에서 무엇을 볼까?

정상적인 인간들이 꿈속에서 이성의 틀을 깨고 나온 것들을 경험하면서 미쳐버린다면, 광인들은 그 밤 시간에는 이성적인 꿈의 도움을 받아 정상의 상태로 돌아오는가?

나로서는 이런 질문에 대한 답을 알 수 없다.

우리 눈에 보이지 않고, 우리가 알지도, 그 존재를 깨닫지도 못하는 사람들이 우리가 사는 집의 다락방에 살면서, 우리가 낮에 정리해두었던 우리의 소유물을 밤 시간 내내 이리저리 옮겨놓는다.

그들은 우리 안을 그렇게 휘젓고 다니는데, 우리는 내면의 진정한 주인이 우리 자신인지 그 존재들인지도 사실은 잘 모르고 있다.

우리는 우리가 사는 집을 관리하는 이들을 통제하지 못한다. 꿈은 그 사실에 대한 증거다.

우리가 보는 것들에 의해 우리는 매일 밤 바뀐다. 그리고 매일 아침, 우리는 나 자신이자 다른 어떤 존재인 채로 깨어난다.

우리 존재의 이런 괴이한 분열—우리 안에 신들과 광인을 품고 있는—은 엄연한 사실이고, 분명히 이상한 일인데도 우리는 더 이상 이 사실을 이상하다 여기지 않는다. 그 사실에 익숙해져 있고 자연적인 현상으로 기꺼이 받아들인다.

다른 사람들과 마찬가지로 나 역시 악몽과 좋은 꿈에 익숙해져 있고, 날아다니는 것에도, 두려움이나 욕망을 느끼는 것에도 익숙해져 있다.

그러나 작은 붉은 점… 그 작은 점에만 떨어지고 있는 빛…

나는 다시는 세상을 보지 못할 것이다

그런 아주 작고 사소한 게 꿈의 핵심이 된다니.

팔에 붉은 점이 있는 여자는 한 번도 만나본 적 없다. 팔에 붉은 점을 갖고 있는 여자에 대한 꿈을 꿀 정도로 특별한 기억이나 감정, 생각을 가졌던 적도 없다.

그날 전까지는, 어떤 꿈도 내 안에서 그런 궁금증과 심지어 걱정스러운 마음까지 일깨웠던 적이 없다.

내 안 저 깊은 곳에 살고 있는 세입자, 아니면 아마도 건물주인 존재가 그런 사소한 것까지 만들어낼 수 있다는 사실을 깨닫게 되면서 으스스한 느낌이 들었다.

그런 점을 상상할 수 있는 사람, 그걸 상상해야만 할 이유가 있는 사람이 나도 모르는 새 내 안에서 살고 있었던 걸까?

그는 어떤 세부 사항에 관심을 갖고 있었던 걸까?

쇠와 시멘트로 만든 상자 안에서 지난 일 년 반을 사는 동안 내 안에서는 무슨 일이 벌어지고 있었던 걸까?

그 붉은 점은 내가 의식하지 못하는 사이에 외부 세계가 내게 각인해놓은 어떤 인상의 변형이었던 걸까? 아니면 외부로부터 어떤 것도 받아들이지 않은 상태에서 스스로에게 생명을 부여한 하나의 이미지였던 걸까?

외부 세계가 감방 안에 있는 사람에게 남길 수 있는 인상은 아주 제한돼 있다. 그 붉은 점을 구성하는 재료는 외부에서 오지 않았다. 이 한 조각 붉은 루비는 내 안에 있는 것이었다.

하지만 여전히 이 점은 어떤 원재료에서 만들어진 것이었다.

그러나 어떤 원재료?

밤새도록, 나는 내 기억이 미치는 한 가장 깊은 곳까지 들어가 내 과거를 탐색했다. 그러나 그 붉은 점이 어디에서 나온 것인지를 보여줄 수 있는 흔적이나 신호는 찾지 못했다.

갈망, 욕망, 공포, 특정한 기억… 그 어떤 것도 감지되지 않았다. 그 붉은 점으로 향하는 길은 내 마음속 어디에도 없었다.

나는 이 작은 점 안에서 길을 잃었다.

정말 이토록 사소하고 정교한 세부 사항을 만들어내려면 유령이니 심연, 행복감, 사랑을 나누는 순간 따위의 크고 창의적인 상상을 요하는 꿈을 꾸는 것보다 훨씬 더 복잡한 상상력이 필요하다.

나는 나의 내면 깊은 곳에 숨어 있는 존재가 그동안 생각해왔던 것보다 훨씬 강력한 존재라는 걸 느꼈고, 두려움에 몸을 떨었다.

마치 그 존재가 작은 점 하나를 갖고 내게 자신의 힘을 과시하고 있는 것 같았다.

나는 다시는 세상을 보지 못할 것이다

나는 조금씩 조금씩 지워져가는 철창의 그림자 밑에 누워 아침이 올 때까지 천장을 노려보고 누워 있었다.

붉은 점은 거기에 있었다.

그것은 침략자의 깃발처럼 펄럭였다. 그 깃발은 신 혹은 광인에게 소속된 것이었다.

연쇄 살인범

교도소 이발소는 교도소 옷 수선소 바로 옆방이었다.

마침내 내 순서가 되어 수염을 손질하러 가 있는 동안 옷 수선사가 들어와 이발사에게 단추 떨어진 걸 수선한 셔츠를 건네주었다.

두 번째로 이발소에 갔을 때는 그 수선사가 흰 셔츠를 입고 앉아 있었다.

나는 문가에 서서 머뭇거렸다.

"들어오세요." 수선사가 말했다. "앉으세요."

"그쪽은 수선사 아닌가요?"

"이발사가 없을 땐 제가 자리를 메꿉니다."

나는 의자에 앉았다.

나는 다시는 세상을 보지 못할 것이다

수선사가 내 얼굴을 면도했다.

그는 말이 많은 사람이었다. "여기서 볼 것 못 볼 것 다 봤죠." 그는 자기가 만났던 수감자들에 대해 이야기하면서 그렇게 말했다. 나는 자리에 앉아 그가 실수로 내 귀를 자르거나 가위로 콧구멍을 찌르지나 않을까 조마조마해하면서 그의 이야기를 들었다.

그는 사람을 넷이나 죽이고 잡혀 들어온 연쇄 살인범을 면도한 적이 있었다.

"면회 날이 되면, 그 사람도 면회 온 엄마 옆에 무릎을 모으고 착한 애처럼 앉아 있었어요."

"그 사람하고 대화를 나눠본 적이 있나요?"

"나눠본 '적'이요!"

"그 사람들을 왜 죽였는지 물어봤어요?"

그야 물론이었다. "어떻게 자기 즐거움을 위해서 사람들을 죽일 수가 있어요?" 그는 그 살인범에게 그렇게 물었다.

"뭐라고 하던가요?"

수선사는 얼굴에 미소를 띤 채 그 살인범이 했다는 대답을 들려줬다.

아무렇지도 않게 네 사람을 살해한 그 예절 바른 살인범이

'어떻게 자기 즐거움을 위해서 사람들을 죽일 수가 있어요?'라는 질문에 내놓은 대답은 옷 수선사가 작가의 얼굴을 면도하는 장면보다는 훨씬 더 인상적이었다.

살인범은 이렇게 말했다. "그게 원래 그렇게 하는 거였어요. 그땐."

메리엠

이 감방에는 모두 세 명이 있다. 두 명은 신실한 신자들이고 한 명은 종교가 없다.

우리는 이 비좁은 공간에서 매일, 매 순간을 같이한다.

다른 집안, 다른 교육 배경, 완전히 다른 습관과 완전히 다른 취향을 포함하는 완전히 다른 문화 출신인 우리 세 사람은 이 4미터 남짓 되는 길이의 감방 안에서 기차들의 충돌에 버금가는 충돌을 일으킨다.

다른 건 우리의 문화와 신앙뿐만이 아니다. 우리의 나이도 그렇게 다르다.

우리를 같은 방에 넣은 건 교도소 당국이 아니라 어느 극작가가 꾸민 일 같다. 우리의 서로 다른 정체성 안에는 강렬한 클

라이맥스로 끝날 때까지 극 하나를 지속시키기에 충분한 갈등과 긴장이 내포돼 있다.

우리 중 가장 젊은이는 서른여덟 살이다.

그는 극단적인 경건주의자 집안에서 태어났다. 그에게 종교란 태어난 직후부터 단순한 믿음의 체계 정도가 아니라 보이지는 않지만 그의 몸과 영혼의 자연스러운 한 부분이었다. 나는 그 사내처럼 자신의 믿음을 단순하게, 그리고 편안하게 받아들이는 사람은 본 적이 없다.

그는 영화를 공부했고 비신자들의 생활 방식에도 친숙했다. 그는 살아오는 내내 종교적인 환경 속에 머물렀지만 자신과 같은 믿음을 공유하지 않는 이들이 지구상에 많이 있다는 사실도 잘 알고 있었다.

그는 수감 기간을 자신의 재교육을 위한 기회로 생각하고, 그 기회를 잘 활용하고 있다. 그는 이븐 알-아라비Ibn-al-Arabi와 알-가잘리Al-Ghazali를 읽으면서 동시에 플라톤과 톨스토이, 무라카미도 읽고 있다.

그의 가족은 이스탄불에서 멀리 떨어진 곳에 살고 있고, 지난 한 해 동안 아무도 찾아오지 않았다.

하지만 그는 불평 한마디 하지 않는다. 왜냐면 '모든 것은 신

나는 다시는 세상을 보지 못할 것이다

의 행위이고, 그에 대해 불평하는 것은 죄악이기 때문이다. 그는 그런 죄를 범하지 않는다.

그는 한결같은 힘과 자신감을 갖고 삶이 그의 어깨 위에 내려놓은 모든 짐을 지고 나른다.

그는 이 모든 문제가 어느 날엔가 신에 의해 해결될 것이라는 확신을 갖고 있다.

우리 가족의 중간 멤버는 쉰세 살이다. 그는 몇 번째 바뀌어 들어온 멤버다.

이상한 우연은 그의 자리에 들어온 수감자들이 모두 같은 나이였다는 것이다. 그리고 그들의 직업, 생김새, 출생지는 모두 달랐지만 종교에 관한 한 모두 같았다. 게다가 그들은 기질과 정서 면에서도 완전히 똑같았다. 마치 여러 모습으로 변장한 한 사람 같았다.

이들은 때때로 내 기억의 만화경 속에서, 얼굴만 여러 사람으로 복제되어 나타나기도 한다. 다른 때에는 그들은 한 사람으로 통일되어 나타난다. 특히 종교가 주제가 되는 경우에는 내 기억은 그들을 전혀 분별하지 못한다.

나의 마음은 처음에는 내게 다양한 얼굴의 카드들을 보여주다가 '종교!'라고 외치는 순간, 마술사처럼 모두 같은 얼굴이 들어 있는 카드로 변하는 것이다.

이 '단 하나의 얼굴'은 그리 심하게 종교적이지 않았던 중산층 가정에서 태어난 사내의 모습을 하고 있다.

그가 종교에 깊이 빠지게 된 건 젊은 시절이었다. 그는 종교와 사랑에 빠졌다. 그에게 종교는 신앙 이상의 것이어서 그의 영혼 전체를 장악하고 다른 종류의 감정이나 욕망이 들어설 자리를 남겨놓지 않았다.

청소년기 이후로 그는 줄곧 자신과 마찬가지로 독실한 신자들 사이에서만 살아왔다.

종교에 대해 이야기하는 것이 그에게는 엄청난 기쁨이다. 그로서는 다른 어떤 주제에 대해서도 그만한 흥미를 느끼지 못한다.

그는 자기 시간의 대부분을 종교서적을 읽고 헌신의 의례를 행하는 걸로 보낸다.

나는 예순여덟 살이다.

나는 신을 믿지는 않지만 신이라는 아이디어 자체는 매우 흥미롭다고 생각한다.

우리는 생명체가 다른 생명체를 잡아먹고 사는 행성에 살고 있다. 인간은 다른 생명체뿐만 아니라 다른 인간들도 일상적으로 살해하면서 산다. 어떤 산에서는 불길이 뿜어져 나오고, 땅이 갈라지면서 생명체를 삼키고, 물은 사납게 내달리면서 자기 앞의 모든 것을 파괴하고, 하늘에서는 천둥 번개가 치고 비가 쏟아져 내린다.

인간은 이 끔찍한 장소가 '절대선'을 표상하는 힘에 의해 창조되었다고 믿음으로써 자기들 존재의 밑바탕에 내재된 폭력성에도 불구하고 여전히 낙관적인 상상력을 유지할 수 있게 되는데, 내가 보기에 이건 인간들이 만들어낸 역설 중에서도 가장 이상한 역설이다.

인간은 이 모든 게 '힘'에 의해 창조되었다고 믿지만 정작 그 '힘'을 비난하지는 않는다. 반대로 그들은 감사하는 마음을 갖고 이 힘을 경배한다.

종교란 결국 우리가 사는 이 무시무시한 행성에서 '선함'을 찾아내는 인간 능력의 결과물인 셈인데, 나로서는 이게 어린 시절부터 무척 흥미로웠다.

신이란 매우 훌륭한 은유다.

많은 작가들이 그러듯 나 또한 신에 대해 숙고하는 일을 즐긴다. 자신들의 폭력성에서 헤어나지 못한 채 숨 막혀 하고 자기가 만들어낸 악을 자기가 두려워하는 인간의 무력함, 그렇기 때문에 자신들의 고통에 대한 처방으로 자신들의 외부에 지향점으로서의 선을 설정해놓는 따위 같은 것들. 인간의 이런 헛된 노력은, 내게는, 인간에게 주어진 모험의 과정에서 수행해야 하는 서글픈 탐색처럼 여겨진다.

우선 인간들은 자신들에게 선해지라고 말하는 신을 찾은 뒤, 그의 이름으로 서로를 죽인다. 이걸 생각할 때마다 등골이 서늘해진다. 게다가 인간들은 바로 이 신이 지옥이라는 고문실을 소유하고 있다고 믿고 있다.

나는 이 지옥이란 것이 신자들의 영혼 속에서 천국보다 더 큰 면적을 차지하고 있는 게 아닐까 의심하고 있다.

《신곡》에서 지옥에 대한 단테의 묘사는 천국 서술에 비해 훨씬 더 긴박하고 극적이다. 단테는 자기 자신이 직접 지옥에 떨어진 자들을 고문하는 상상을 하고야 만다. 바로 여기에, 우리가 신으로부터 기대하는 건 우리가 그의 천국에 가는 것이 아니라 우리의 적들을 지옥에 보내는 것일지도 모른다는 내 의심의 문학적 배경이 있다.

사탄과 지옥을 창조해낸 신…. 이로 미루어보자면 인류는 '순수하고 절대적인 선'은 상상할 능력조차 없는 것이다!

하지만 이 모든 것에도 불구하고 선과 윤리성을 추구하는 신

138

나는 다시는 세상을 보지 못할 것이다

심은 내 안에서 여전히 약간의 동정심을 불러일으키기는 한다. 종교적인 사람들은 자신들이 선량하고 윤리적이며, 악에 저항하는 인간이 되도록 도와줄 무언가를 찾아 헤맨다.

그러나 그들은 신의 도움 속에서만 선함과 윤리를 찾을 수 있다고 생각하기 때문에 비신자들 또한 스스로의 힘으로 선하고 윤리적인 인간이 될 수도 있다는 사실은 도저히 받아들이지 못한다. 그들이 보기에 비신자들은 근본적으로 비윤리적이고 악한 존재들이다. 내가 보기에 그들은 무의식중에 인간은 스스로의 힘으로는 자신 안의 선함을 간직할 수 없고, 오직 외부로부터의 도움이 있어야만 선한 인간이 될 수 있다고 여기는 듯하다.

우리 셋이 같은 감방을 쓰게 된 건 모두에게 상당히 당황스러운 경험이었다.

나는 그처럼 열심히 기도하는 이들과 같이 살아본 적이 없었고, 그들 역시 비신자와 더불어 그토록 오랜 시간을 지내본 적이 없었다.

종교는 모든 문제의 해결책을 사후에 벌어질 일들 속에서 찾기 때문에 신앙의 프리즘을 통해 세상사를 바라보는 것은 필연적으로 죽음의 이미지를 일깨우는 걸 의미한다.

내 감방 동료들이 그 프리즘을 통해 사후 세계를 볼 때, 나는 오로지 죽음만을 본다.

쿠란을 소리 내어 읽고, 속삭이면서 기도하고, 하루의 어떤 시간에는 텔레비전을 끄는 따위의 행위들은 내게는 누군가가 죽었다는 느낌을 줬다. 처음 몇 주 동안 나는 곧 누군가가 죽어 감방 한쪽 구석에 하얀 시트를 뒤집어쓰고 누운 꼴을 보게 되리라는 느낌을 갖고 살았다.

반면에 내 감방 동료들은 내 시선, 국외자의 시선 때문에 그들 나름의 불편함을 겪었다.

철조망 안에 가시나무가 뒤엉켜 있는 것처럼 우리는 서로를 찔러댔다.

우리는 서로 다치지 않고 각자의 공간을 유지하기 위해 노력하면서 지냈다. 동료 신자들 사이에서의 종교적인 삶에서 갑자기 뽑혀 나와 비신자와 마주하게 된 중간 수인은 한 개인이 이처럼 명백하게 신과 종교에 연관된 문제에 맞닥뜨리고 있으면서도 어떻게 여전히 신앙을 가지지 않을 수 있는지 이해할 수 없어 했다.

그는 나를 지옥에서 건져내고 싶어 했다.

우리는 아주 오랫동안 종교에 대해 이야기를 나눴다.

우리는 왜 '절대선'인 신이 악을 창조했는지, 한 개인의 욕망에 대해서 누가 책임을 져야 하는지 따위의 오래된 질문들에 대해 토론했다.

중간 수인은 종교에 대한 이야기들을 하다 보면 쉽게 격앙되곤 했다. 나는 이런 사실을 알고 있었지만 마치 십대처럼 이따금 그를 놀리는 걸 멈출 수 없었다.

그럴 때마다 그는 삐쳐서 정확히 사흘 동안 나와 말을 끊곤 했다.

왜냐면 예언자 마호메트가 말하길 '누구든 그의 무슬림 형제를 사흘 이상 저버려서는 안 된다'고 했기 때문에 사흘째 되는 날이 지나기 전에는 화해하려는 것이었다.

그런데 그를 정말 화나게 하는 것은 내 행동이었다.

그는 신실한 삶을 살고 싶었고 텔레비전에서도 종교적인 토론을 보고 싶어 했다.

반면에 나는 교도소에서 제공하는 몇 안 되는 채널 중에서 도시의 서민들을 대상으로 하는 한 채널을 발견했는데, 거기서는 무명의 여가수들이 몸이 훤히 드러나는 의상을 입은 채 춤추고 노래하는 모습을 내보냈다. 나는 그 채널을 보는 걸 좋아했다.

그는 내가 이 채널을 보는 것, 그리고 규칙적으로 운동하는 것 모두를 좋아하지 않았다.

"선생님은 늙었어요." 그는 어느 날 내게 이렇게 말했다. "선생님은 죽을 날이 멀지 않았습니다. 뭐하러 이런 거에 시간을 빼앗기세요?"

"당신은 내가 기도 생활을 시작해야 한다고 생각하는 건가요? 내가 곧 죽을 거기 때문에?"

"물론이죠!"

나는 웃었다.

"나는 아부 탈리브의 제자요." 내가 말했다.

아부 탈리브는 예언자 무하마드의 숙부였다. 그는 무슬림이 된 적이 없지만 무슬림들을 많이 도왔다.

초기의 무슬림들은 그를 무척이나 좋아했고 그래서 그 또한 이슬람 신앙을 받아들이고 천국에 갈 수 있게 되기를 기도했다.

아부 탈리브가 병들어 누워 있을 때, 무슬림들이 찾아와 이렇게 말했다. "선생님은 곧 돌아가시게 될 겁니다. 이슬람을 받아들이고 사후 세계에서 구원을 얻으세요."

예언자의 숙부는 이렇게 말했다. "싫소. 나는 사람들이 내가 죽음이 두려워서 무슬림이 됐다고 말하게 될 어떤 일도 할 수 없소."

무엇보다 이 이야기를 내게 해준 것도 중간 수인 자신이었다.

그는 내가 "나는 아부 탈리브의 제자요"라고 말하자 소리 내어 웃었다.

"어쨌거나 선생님은 곧 죽을 겁니다." 그가 말했다. "선생님은 인생을 낭비하고 있어요."

그러고 나서 그는 그 유명한 이론을 꺼냈다.

"만약 선생님이 마지막 몇 년 동안 신앙을 갖고 헌신하는 삶을 살면 아무것도 잃지 않을 겁니다. 하지만 그렇게 하지 않으면 선생님은 내세에서의 영광스러운 삶을 잃게 될 겁니다. 왜 그런 손해를 보시려고 합니까?"

가운데 수인은 이 이야기를 처음 한 사람이 파스칼이라는 사실을 듣고 매우 놀랐다.

그는 철학에 대해 생각하기 시작했다.

어느 날 저녁, 우리는 또다시 종교 이야기를 하고 있었다. 나는 스피노자에 대해 이야기한 뒤 그에게 이렇게 물었다. "신에게는 경계가 있나요?"

"신께서 나를 용서해주시기를"이라고 하면서 그가 말했다. "물론 없습니다."

"그렇다면 신은 지구상의 모든 걸 표상하겠군요."

"물론이죠!"

"그렇다면 신의 존재는 내 몸이 시작되는 곳에서 끝나지 않겠군요. 신은 나 또한 표상합니다. 나, 당신, 우리 모두… 우리는 신의 한 부분입니다. 그렇다면 어디에도 내가 '나'라고 부를 수 있는 존재는 없습니다. 왜냐면 내가 따로 존재하려면 신은 존재할 수 없으니까요. 그리고 만약에 신이 존재한다면 따로 존재하는 나는 없습니다."

그는 생각에 잠겼다. 그는 함부로 잘못된 대답을 내놓았다가는 죄를 짓게 될 수 있기 때문에 이런 질문을 받으면 태도를 결정하지 못하곤 했다. "이런 질문에 대해서는 종교학자들에게 물어봐야 합니다." 그가 말했다.

한동안 시간이 지난 뒤, 우리는 서로에게 익숙해졌다.

내가 여자들이 나오는 텔레비전을 봐도 중간 수인은 더 이상 화를 내지 않았다.

그리고 나는 그들의 끝도 없는 예배를 삶의 한 부분으로 받아들였다.

면회 날이 되면 중간 수인과 나는 같이 면회실로 갔다. 우리는 거기서 두꺼운 유리를 사이에 두고 수화기를 통해 각자의 가족과 대화를 나눴다.

나는 다시는 세상을 보지 못할 것이다

그는 대개 아내와 아들딸이 같이 면회를 오곤 했다.

그의 딸은 너무나 순정하고 순수한 얼굴을 하고 있어서 내 아이들은 그 애가 예수의 어머니인 마리아를 닮았다고 생각했고, 그래서 우리끼리 그 아이에게 '메리엠'이라는 이름을 붙여 주었다.

감방에서도 우리는 그 어린 딸애를 늘 메리엠이라고 불렀다.

중간 수인도 별 이의 없이 받아들였다.

면회가 끝난 뒤 나는 그에게 이렇게 묻곤 했다. "부인은 잘 지내시죠? 메리엠도 잘 지내고요?" 그 또한 별로 이상하게 생각하지 않고 "잘 지냅니다"라고 대답하곤 했다.

어느 날 그의 아내가 혼자 왔다.

면회가 끝난 뒤 우린 감방으로 돌아왔다.

그의 얼굴은 고통으로 어두웠고 어깨는 축 처진 채 눈에는 눈물이 맺혀 있었다.

"저들이 메리엠을 체포했어요." 그가 말했다.

마치 누가 몽둥이로 내 배를 후려친 것처럼 내 입에서 신음이 새어 나왔다. 나는 우리 중 제일 젊은 사내의 얼굴이 슬픔으로 노래지는 걸 봤다.

수감자의 스무 살 딸을 체포하다니…. 어떤 종류의 인간성도 거부하는 잔혹함이었다.

나는 그가 얼마나 심각하게 절망했는지, 얼마나 속이 타들어 가고 있는지 볼 수 있었다.

"그자들은 메리엠을 곧 놔줄 거요." 나는 말했다. "그리고 그자들이 그렇게 하는 날, 당신과 함께 신에게 예배드릴 거요."

그는 너무나도 신실한 사람이었기 때문에, 생애 가장 슬픈 순간에 처해 있었지만 비신자가 그와 나란히 기도를 드리겠다는 말을 듣자 기운을 낼 수 있었다.

그는 미소를 지었다.

"정말입니까?"

"정말이죠." 나는 말했다. "약속할게요."

그는 아주 고통스러운 넉 달을 보냈다. 그는 평정을 잃지 않고 고통을 견뎌냈다.

넉 달이 지난 뒤에 그들이 메리엠을 석방했다.

두 명의 신실한 신자와 비신자 한 사람. 우리는 나란히 서서 함께 기도의식을 거행했다.

우리는 우리의 감방 안에서 메리엠의 석방을 두고 신에게 감사를 드렸다.

자기 자신의 운명을 써 내려간 소설가

그들은 붉은색 칼라를 두른 검은색 법복을 입고 우리보다 2미터 높은 자리에 앉아 있다.

몇 시간 안에 그들은 내 운명을 결정지을 것이다.

그들은 생명의 끈을 자르는 운명의 신들과는 전혀 닮지 않았다. 그보다는 타이를 느슨하게 매고 지겨워 죽겠다는 표정의 모습이 고골이 그린 하급 관리들에 더 가깝게 생겼다.

그들 가운데 앉아 있는 우두머리라는 사람은 오른팔을 젖은 빨래처럼 탁자 위에 걸치고 있다. 그는 손가락을 꼼지락거리면서 그것들이 움직이는 모습을 지켜보고 있다.

그는 좁고 긴 얼굴이었는데, 눈썹은 모두 뽑아버렸는지 흔적도 없다. 반쯤 감긴 부어 오른 눈꺼풀에 가린 두 눈은 거의 보이지도 않는다. 눈이 있어야 할 자리에는 죽은 습기라고 할 만한 것만이 남아 있다.

그에게는 피고인이 진술할 때 특히 두드러지는 틱 증세가 있는데 피부 밑에 자그마한 혹 같은 것이 있어서 그의 뺨에서 시작해서 눈가까지 움직여갔다.

그는 이따금 전화기를 들고 문자 메시지를 읽었다.

우리와 같이 재판을 받던 피고인들 중 하나가 자기가 곧 심장 수술을 받을 예정이라고 하자 그 재판장은 빨간불이 켜진 마이크를 자기 앞으로 끌어당기고는 기계적인 목소리로 이렇게 말했다. "병원 측에서는 피고가 교도소에 머무르지 못할 아무런 이유가 없다고 말했습니다."

우리 변호사가 가장 중요한 사항들을 이야기하고 있을 때도 그는 마이크를 자기 앞으로 당겨 그 똑같은 기계적인 목소리로 말했다. "이 분 남았습니다. 마무리하세요."

그건 마치 피고인이나 변호사가 하는 이야기가 그에게 가닿자마자 그의 이마에 부딪힌 후 산산조각이 나서 그 앞의 탁자로 떨어져 내리고 마는 것 같았다.

나는 엘리아스 카네티가 이런 인물들에 대해 말한 걸 기억하고 있다.

안전하고, 늘 평화롭고, 보기에도 그럴듯한 존재이지만 누군 가가 호소할 때에는 귀를 닫아두기로 결심하는… 이보다 더 비 도덕적인 게 있을까?

피고인과 그들의 변호사가 발언하는 동안 재판장의 오른쪽 에 있는 통통하고 눈이 가느다란 판사는 의자에 기대 앉은 채 천장을 쳐다보고 있다. 얼굴에 슬그머니 미소가 떠올랐다가 지 워지고 다시 떠오르는 걸 보면 틀림없이 백일몽을 꾸고 있는 중 일 것이다. 백일몽을 꾸고 있지 않을 때면 그는 손에 머리를 괴 고 잠을 잔다.

왼쪽에 앉은 판사는 앞에 놓인 컴퓨터를 들여다보면서 끊임 없이 뭔가를 읽고 있다.

정오가 가까워오자 그들은 선고 준비를 위해, 그들의 표현에 따르자면 '결정을 내리기 위해' 퇴정하겠다고 말한다.

우리는 경찰대에 둘러싸여 있다. 우리 옆으로 그들이 한 줄 앉아 있고, 뒤에도 또 한 줄이 앉아 있다. 그들 뒤로 또 다른 그 룹이 앉아 있다. 그들은 검정색 자상 방지 조끼와 무릎보호대 등 로보캅 복장을 갖추고 있다.

우리 한 사람당 경찰 한 사람이 붙어 팔을 잡는다. 우리는 두 줄로 늘어선 경찰관들 사이를 지나 좁은 계단으로 내려간다.

그들은 전면은 철창으로 되어 있고 나머지 벽에는 타일이 붙어 있는 방에 우리를 집어넣는다.

우리는 모두 다섯 명이고 모두 사내들이다.

여섯 번째 피고인인 한 여성은 우리와 분리되어 다른 어디론가 보내졌다.

내 동생의 상고로 이 사건을 심리한 대법원에서는 우리를 상대로 제출된 증거들을 살펴본 뒤 '어느 누구도 이런 증거에 기반해서 체포되어서는 안 된다'는 결정을 내렸다. 재판에 참석한 언론인들은 이 결정에 근거해서 낙관적이고 희망적인 견해를 갖게 되었다.

나는 그들처럼 낙관적이지는 못하다.

우리는 감금된 방 이쪽 끝에서 저쪽 끝까지 초조하게 서성거린다. 우리의 그림자는 타일 사이의 선을 넘나들면서 우리를 따라잡으려 한다.

우리 모두는 자신의 미래를 스스로 결정할 수 있는 권리를 완전히 빼앗긴 데서 오는 무력감을 고스란히 느끼고 있다.

우리가 나누는 대화의 템포에 따라 일 분 일 분의 시간이 빨리, 그리고 천천히 흐른다. 시간은 천천히 흐를 때 면도날처럼 날카로워진다. 우리는 그 날이 우리의 내면을 가르고 피를 내는 걸 느끼지만 서로 그 상처를 감춘다.

Vulnerant Omnes, ultima necat. '모든 것이 상처를 낸다. 마지막 것은 죽인다.' 이건 고대 로마시대부터 알려진 시간에 관한 진실이다. 그러나 유치장에 갇힌 상태에서 종신형 판결이 내려지느냐 마느냐를 기다리는 동안 느릿느릿 지나가는 일 분 일 분은 다른 어떤 시간들보다도 더 아프다.

일 분 일 분 흐르는 시간이 내게 계속해서 상처를 입히는 동안, 좀 민망한 일이지만 나는 비관적 판단을 내리고 있는 이성 저 아래에 아주 작은 희망과 꿈이 다이아몬드 가루처럼 반짝거리면서 가늘고 꼬불꼬불한 길을 내고 있다는 사실을 느낀다.

단호한 목소리가 '저자들은 어떤 범죄도 저지를 수 있는 무뢰한들이야'라고 말하는 곳 바로 아래에서, '누구도 그렇게 무지막지할 수는 없지'라고 속삭이는 목소리를 나는 듣는다.

나는 그 속삭임을 꺼버리지 않는다. 그런 스스로에게 화가 난다. 하지만 아직은 희망을 향한 그 가느다란 끈을 차마 끊지 못한다.

희망이란 너무나 정겹고, 너무나 따스하고, 너무나 매혹적인 것이라서 어떤 이유에선가 내면이 얼어붙어 가고 있는 이라면

자기 자신의 운명을 써 내려간 소설가

누구라도 포기할 수 없는 것이다.

이 희망에 젖줄을 대고 창백하게 깜빡이고 있는 꿈들은 내 마음속 그늘진 주름 속에서 수줍게 꿈틀거리고 있다. 교도소를 떠난다, 깊이 들이쉬는 숨, 첫 포옹, 기쁨에 찬 말들, 행복이 풍기는 향기와 저 위 넓은 하늘….

내가 이런 백일몽에 빠져 있는 동안 어딘가에서 저 세 사내들이 내 운명을 결정짓고 있다.

어쩌면 이미 결정을 내렸을지도 모른다.

갑자기 내 기억 속 저 깊숙이 여러 겹으로 저장되어 있던 용암이 강력한 지진과 더불어 터져 나오고, 감춰진 지하의 강물에 떠다니던 잊혔던 물의 꽃들이 떠오르듯, 문장들이 표면으로 떠오른다.

내 소설 〈칼에 찔린 상처처럼〉의 한 문단이 떠오른다. 체포된 뒤 어떤 방에서 판결을 기다리고 있는 한 인물에 대해 쓴 것이다.

한 사람의 운명이 바뀐 순간과 그 사람이 그 사실을 실감하게 되는 순간 사이의 간극이 그에게는 삶의 가장 비극적이고 끔찍한 면인 것처럼 여겨졌다. 미래는 분명해졌다. 그러나 그 사람은 자신의 미래가 이미 결정됐다는 사실을 실감하지 못한 채 다

나는 다시는 세상을 보지 못할 것이다

른 기대와 꿈을 품고서 또 다른 미래를 기다리는 걸 멈추지 않았다. 이 기다리는 과정 속에서 그 사람의 무지는 실로 끔찍한 것이었고, 그가 보기에 이것은 인간성의 가장 취약한 면이었다.

내가 기억해낸 이 문장들은 나를 소름 끼치게 한다.

나는 여러 해 전에 내가 지금 이 순간 겪고 있는 혼란에 대해 썼다.

나는 지금 내가 내 소설에 쓴 이야기를 살고 있다.

나는 자신의 소설을 살고 있는 소설가다.

이 문장들은 가면을 쓴 주술사들이 주관하는 부두교 의식에서 울려 퍼지는 합창처럼 내 안에서 울려 퍼지면서 나를 두려움에 떨게 한다. 내 삶은 내 소설을 흉내 내고 있다.

오래전, 문학이 삶과 맞닿아 있던 곳, 표지판도 없고 수수께끼 투성이에 한 치 앞도 보이지 않는 땅에서 헤매던 시절에 나는 내 운명과 만났지만 그걸 알아보는 데는 실패한 것이다. 나는 그 운명이 다른 누군가의 것이라고 생각하면서 그걸 썼다.

내가 소설에 써넣은 그 운명은 내 것이 되었다. 나는 지금 내가 오래전에 만들어낸 주인공처럼 갇힌 몸이 되어 있다. 그가 그랬듯이 나 또한 나의 미래를 결정지을 판결을 기다리고 있다.

나는 그가 그때 모르고 있었듯이 어쩌면 이미 결정되어 있을 내 운명을 아직 모르고 있다. 그가 겪었듯이 나는 깊은 무력감에서 오는 가련한 고통을 고스란히 받아내고 있다.

마치 저주의 예언처럼 이미 오래전에 나는 그것이 내 것인 줄 모르고 내 미래를 미리 보았다.

〈맥베스〉에 등장하는 마녀들이 내 안에 살고 있다.

작가 한 사람 안에 그런 마녀들, 주술사들, 예언자들이 얼마나 많이 살고 있는 걸까?

내가 썼던 또 어떤 것들이 현실이 될까?

나는 내가 써놓고 더 이상 기억하지도 못하는 또 어떤 문장들로 스스로를 저주한 걸까?

나는 지금 소설과 삶이 뒤섞여 있고, 글로 쓰인 허구와 현실이 서로를 모방하면서 자리를 뒤바꾸고 서로가 서로인 척하는 세계, 현기증 나게 휘몰아치는 소용돌이의 저 깊은 곳으로 끌려 들어가고 있는 듯한 느낌이다.

나는 예언자고, 징조이고, 동시에 희생자다.

내 문장으로 나는 산 자를 죽이고 죽은 자를 되살려낸다.

나는 스스로 신들의 분노를 불러일으킨 것일까? 다른 모든 작가들처럼 나 또한 이런 능력을 갖고 있기 때문에? 그래서 저

주를 받은 걸까? 그래서 신들은 내게 나 자신의 운명을 쓰게 만든 걸까?

나를 돌고 또 돌게 만든 이 소용돌이 속에서, 나는 내가 창조해낸 주인공이 되어가고 있다.

나는 내 주인공을 위해 어떤 운명을 선택했던가? 그는 어떤 종류의 마지막을 맞이했던가?

갑자기 경찰들이 달려오는 무거운 군화 소리가 들려온다. 그들이 두 줄로 늘어선다. "나오시오." 한 목소리가 말한다. "판결이 나왔소."

판결이 나왔소.

마침내 나는 기억해낸다.

내 주인공에게는 유죄판결이 내려졌다. 그게 내가 그에게 선택해준 운명이었다.

나는 이제 선고를 듣지 않고도 그들이 내게 내린 판결 내용을 안다.

나 또한 유죄판결을 받을 것이다. 그게 내가 쓴 것이기 때문이다.

운명은 나를 당황시키지 못할 것이다. 내가 그걸 결정지은 장본인이기 때문이다.

그들이 나를 위층으로 데리고 간다. 우리는 법정에 들어가 앉는다.

재판관들이 들어오고, 의자 위에 걸쳐 놓고 나갔던 법복을 다시 입는다.

재판장, 죽어 있는 축축한 눈을 가진 그자가 선고문을 읽는다.

"가석방 없는 종신형."

우리는 길이 4미터, 폭 3미터짜리 감방 안에서 남은 평생을 보내게 될 것이다. 매일 하루에 한 시간만 밖에 나가 햇볕을 쬘 수 있게 될 것이다.

우리는 절대로 사면되지 못할 것이며, 교도소에서 죽을 것이다.

그게 선고의 내용이다.

나는 내 소설의 주인공이 받았던 것과 똑같은 선고를 받았다.

나는 나 자신의 미래를 썼다.

내가 양손을 내밀었고 그들이 수갑을 채웠다.

나는 다시는 세상을 보지 못할 것이다. 나는 다시는 중정의 담장들로 구획되지 않은 하늘을 보지 못할 것이다.

나는 죽음의 영토로 내려가고 있다.

나는 자신의 운명을 써 내려간 신처럼 어둠 속으로 걸어 들어간다.

내 주인공과 나는 나란히 어둠 속으로 사라진다.

심판

내 뒤에서 철문이 닫혔다.

우리는 한 소리 다음에 다음 소리, 걸쇠가 걸리고, 자물쇠가 잠기고, 레버가 올라가는 소리를 들었다.

내 감방 동료들은 결과에 대해 유감을 표했다. 그들은 뉴스를 통해 내가 가석방 없는 종신형을 받았다는 소식을 접했다.

우리는 전날 밤에 이 문제에 대해 이야기를 했었는데 판사라는 자들이 대법원의 결정을 무시하고 가장 고약한 판결을 내릴 수도 있을 만한 미치광이들이라는 데 생각이 기울었다.

그러나 불치병을 앓고 있는 환자가 머지않아 죽을 거라는 걸 알고 침상 옆에 앉아 있는 것과 그가 실제로 죽는 걸 지켜보는 건 또 다른 얘기다. 아무리 희망이 없는 기다림의 와중이라 하더라도 속으로는 희미하게나마 반짝이는 희망을 품게 되는 법이다.

죽음은 그 마지막 깜빡거림마저 꺼뜨려버린다. 제아무리 그 결과를 예측하고 있었다 하더라도 마지막 불꽃이 꺼져간다는 신호를 접하는 순간 그 사건은 사람을 가장 깊이까지 흔든다.

사라마구의 말을 기억하는가. "위안이란 존재하지 않는다. 나의 슬픈 친구여, 인간은 슬픔에서 빠져나올 수 없는 피조물이다." 이 말을 숙고해보라. 그는 분명 희망의 마지막 조각마저 사라져버린 순간에 대해 말하는 것이었을 테다.

이런 순간에는 위로가 있을 수 없다는 말은 전적으로 사실이다.

종신형을 받게 되리라고 예측하긴 했지만 희망이 죽어 없어지는 불의의 일격은 고스란히 느껴진다.

바로 그런 순간에 사람은 자신의 진면목을 마주하게 된다. 자신이 실제로 어떤 사람인지 보게 되는 것이다.

그 순간 그는 자신이 위로 말고 다른 어떤 것을 필요로 한다는 사실을 이해하게 된다. 다른 무엇. 하지만 무엇을?

내 감방 동료들은 둘 다 잠자리에 들었다. 불이 꺼졌다.

나는 어둠 속에 앉아 있었다.

복도 불빛이 철문에 난 작은 정사각형 구멍을 통해 들어와 내 발 가까이에 노랗게 떨어졌다. 바깥에서는 탐조등의 쏘는 듯한 불빛이 중정 벽에 부딪히면서 유령의 불 같은 반사광을 감방 안으로 흘려 넣었다. 그 불빛은 아무것도 밝히지 않고, 다만 모든 것을 투명한 그림자로 만들어버렸다.

나는 담뱃불을 붙였다. 나는 감방의 어둠 속에서 불길하게 타오르는 그 불빛을 바라보았다.

나는 내 삶이 이제 막 거대한 태풍 속의 낡은 배처럼 침몰해가는 중이라는 걸 볼 수 있었다. 덮쳐 오는 파도 속에서 갑판은 부서지고, 경첩은 삐걱거리고, 돛은 찢어지고, 돛대는 휘청거리다가 산산조각이 나면서 물속 저 깊숙이 수장되고 말 것이다.

나는 그 어둠 속에서 내 삶을 지켜보았다. 내가 들고 있는 담배의 빨간 불빛이 등댓불처럼 깜빡거렸다.

나는 생각했다. '무얼 해야 할까? 도대체 무얼 해야 하나?'

그 태풍을 저주하면서 그걸 창조해낸 이에게 화를 낼 수 있을 것이다. 하필이면 태풍의 눈 한가운데로 떨어져 내린 사실을 두고 우울증에 빠질 수 있을 것이다. 내 운명에 대해 불평을 늘어놓을 수도 있을 것이다.

이것들 중 어떤 것도 태풍을 잠재우지는 못할 것이다.

사실 나는 태풍에 대해 생각하고 있을 처지도 못 되었다.

포세이돈의 분노에 직면한 오디세우스처럼 살아남는 일에 내 모든 힘을 쏟아야 하는 형편이었고, 그러기 위해서는 태풍보다는 내 능력 안에서 가능한 것들에 집중해야 했다. 나는 이 캄캄한 감방 안에서 나만의 《오디세이》를 써야 했다.

괴물처럼 덮쳐 오는 파도와, 사이렌들과, 사람을 잡아먹는 외눈 거인들에게 맞서서 스스로를 구하려면 필사적으로 맞서 싸워야 한다.

태풍이 있었고 그리고 내가 있었다.

우리는 싸우게 될 것이다.

기이하게도 태풍의 광대함은 오히려 그걸 물리치고 말겠다는 내 욕망을 더 강하게 만들어줬다. 모든 희망을 흔적까지 지워버린 이 타격이 오히려 그 희망에 좀 더 강하게 매달려야겠다는 내 본능을 강화해준 것이다.

내 배는 금이 가고, 부서지고, 가라앉을 수도 있겠지만 그러나 나는 끝까지 싸움을 계속할 것이다.

최악의 경우에 대비하겠지만 최선의 결과에 대한 희망을 놓지 않을 것이다. 피로와 우울 때문에 백기를 드는 일은 없을 것이다. 나의 페넬로페와 다시 만나는 꿈이 언젠가는 이뤄질 수 있으리라는 사실을 절대 잊지 않을 것이다.

또 다른 담배에 불을 붙였다. 다시 한번 자극적인 불빛이 피어올랐다.

싸워보겠다는 생각은 이 어두운 감방에서조차 내게 어떤 충일한 느낌을 주었고, 그래서 들뜬 마음에 "끝까지"라는 말을 내뱉었다는 사실을 고백해야겠다.

나는 위로를 좋아하지만 싸움은 그보다 더 좋아했다.

저들은 내게 감옥 안에서 죽을 것을 선고했지만 나는 아직 죽지 않았다. 희망의 마지막 희미한 불빛은 아직 거기에 있었다.

싸우겠다고 결심하자 희미한 불빛이 조금 더 살아났다.

내 핏속에는 싸움을 사랑하는 정신이 흐르고 있다.

내 증조할아버지의 군대 시절 별명은 '미치광이 하산 파샤'였다. 전해 내려오는 얘기에 따르자면 그는 그 별명이 딱 맞아떨어지는 사람이었다. 그는 독일에서 포병 훈련을 받은 뒤 발칸전쟁에 참전했는데 갈리폴리에서는 최전방 포병사령관을 맡았고, 터키 해방전쟁에도 처음부터 끝까지 참전했다. 그는 전 생애 중 십 년을 전쟁터에서 보냈다.

증조할아버지는 해방전쟁 당시 반군이 아나톨리아로 탈주하는 걸 도운 혐의로 사형을 선고받았다. 그는 교수형에 처해지기 직전에 탈출했다.

내 아버지는 자신이 쓴 글 때문에 수백 번에 걸쳐 재판을 받아야 했고, 몇 년이나 징역을 살았다.

내 동생도 종신형을 선고받았다.

그러나 나만의 이《오디세이》에는 가계에 내려오는 이런 모험적 기질 말고도 여기에 어떤 비극적 아이러니를 더하는 특성이 저변에 깔려 있다. 내게는 싸움을 기꺼이 받아들이는 성격과 편안함을 선호하는 대립적인 성격이 공존하기 때문이다. 나는 세속적인 쾌락을 즐기고, 인생이란 오직 한 번뿐이라는 사실을 잘 알고 있으며, 영웅주의나 용맹 따위에는 별 관심이 없다.

사실, 나는 작가에게 용맹이란 부끄러운 일이라고 보는 편이다.

작가는 그의 작품만으로 존경과 칭찬을 얻어야 한다. 작가가 독자 앞에 설 때에는 자신의 작품 말고는 아무것도 걸치지 말아야 한다. 작가는 자신의 용맹을 과시함으로써 독자들을 즐겁게 하거나 기만하는 짓은 절대 하지 말아야 한다.

내가 어렸을 때 본 아서 밀러의〈시련〉공연의 결말부에서 주인공은 어떤 문서에 서명해야 자기 목숨을 구할 수 있는데 처음에는 그걸 거부한다. 그 뒤에 그는 이렇게 혼잣말을 한다. "내가 서명을 하지 않으면 저자들은 내가 용감한 사람이라고 생각하게 되겠지. 그건 내가 사람들을 속이는 일이야."

사람들이 나를 두고 용감한 사람이라고 생각하는 때가 더러 있지만 그런 일이 생길 때마다 나는 부끄럽다. '나는 사람들을 속여왔어.' 그런 생각이 드는 것이다.

나는 용감한 사람이 아니다.

나는 용감해지는 걸 좋아하지만 동시에 용감성을 경멸한다. 나는 자기모순의 현현 그 자체다.

게다가 이 자기모순을 더 심화하는 질문이 젊은 시절 이래로 줄곧 내 뇌리에 자리를 잡고 있었다. 쓰는 일과 쓰는 사람 둘 중에 어느 것이 더 중요한가?

작가를 더 작가답게 하는 건 어느 쪽인가. 자신의 명예를 지키는 일인가, 아니면 글을 쓰기 위해 자신의 명예를 포기하는 일인가?

작가는 싸움과 저항을 통하여 자신의 명예를 지켜야 하는가? 그 대가로 글쓰기에 필요한 공간을 상당 부분 희생해야 하는데도?

아니면 삶 전체를 온전히 글쓰기에 바치기 위하여 자신의 명예와 그의 펜을 필요로 하는 이들을 도울 기회를 포기해야 하는가?

이 내적 결투에서 나는 내 명예를 지키는 길을 선택했고 그 결과 조금 독특한 부끄러움을 느끼고 있다.

"나는 글 쓰는 사람보다는 글 쓰는 일 자체를 선택할 정도로 좀 더 용감했어야 했다. 그러나 내게는 그런 용기가 없었다." 나는 이렇게 말한다.

나는 스스로를 고문한다. "너는 글 쓰는 사람을 선택했다." 나는 이렇게 말한다. "네가 좋은 작가였다면 너는 글 쓰는 일을 선택했을 것이다."

그러고는 나 자신을 보호하려는 차원에서 이렇게 말한다. "나는 글 쓰는 사람도 좋아해야 한다. 내가 나 자신을 좋아하지 않는다면 어떻게 글을 쓸 수 있는 자신감을 가질 수 있겠는가?'

그리고 물론 내가 사랑하는 여인이 있다. 그 여인을 부끄럽게 할 수는 없다.

아주 유명한 이야기 하나가 떠오른다. 내가 어렸을 때 여러 번 들었고, 그 뒤로 자주 썼던 이야기다.

로마의 사령관으로 황제에 대항해 반란을 일으켰다가 붙잡혀 사형을 선고받은 파이투스.

고대 로마시대부터 '평민'은 귀족을 건드리는 게 금지돼 있었기 때문에 사형을 선고받은 귀족 가문의 일원은 칼 한 자루와 함께 방 안에 혼자 남겨졌다.

파이투스가 그 방에 들어섰다.

그의 부모, 형제자매와 아내는 방 밖에서 그가 죽어 바닥에 쓰러지는 소리가 들릴 때까지 기다렸다.

그들은 방 안을 오가는 파이투스의 발걸음 소리를 들을 수 있었다. 그는 차마 자신의 생을 끝내지 못하고 있었다.

이 상황을 견딜 수 없었던 그의 아내는 문을 열고 들어가 칼을 잡고 자기 배를 찌른 뒤 그 칼을 남편에게 건네주었다.

Non dolet, Paete.

"이것 봐요, 파이투스. 안 아파요."

그러니 내가 어떻게 했어야 하는가? 편안히 글을 쓰기 위해 내가 사랑하는 여인이 수치를 느끼게끔 해야 했을까? 나를 필요로 하는 사람들로부터 등을 돌려야 했을까?

이런 건 쉽게 대답할 수 있는 질문이 아니다.

반면에 나는 싸움을 즐기고 나 자신의 영웅이 되기를 열망한다. 나는 용감한 영혼을 숭배하고 내가 사랑하는 사람을 부끄럽게 만드는 걸 끔찍하게 여기라는 교육을 받으며 성장했다. 그

러니 파이투스처럼 처신하는 건 상상도 할 수 없이 끔찍한 일
이다. 그러나 동시에 나는 용감함이란 작가에게는 어울리지 않
는 덕이라고 믿고 있고, 글 쓰는 일이 아니라 글 쓰는 사람을
보호하는 건 창피한 일이라는 생각 또한 갖고 있다. 이 내적 갈
등이 헤집어놓은 상처는 영영 아물지 않을 것이다.

　이런 용감성이 사면 받는 길은 단 한 가지밖에 없다. 태풍의
한가운데서 끝까지 싸움을 이어가면서 동시에 글쓰기를 멈추
지 않는 일이 그것이다.

　이 감방 안을 흘러가는 시간의 손으로부터 몇 페이지라도―
설령 그것이 용감성으로 오염되어 있다 하더라도―잡아채서 빼
앗는 일.

　빨간 불빛이 흥분으로 떨린다.

　밤새도록 새로운 수감자들을 교도소로 실어 오는 경찰차의
사이렌 소리가 들려온다.

　나는 태풍의 한가운데 있다.

　나는 싸울 것이다. 나는 용감할 것이고, 바로 그 이유 때문에
스스로를 경멸할 것이다. 나는 나의 내적 갈등으로 인해 상처
입을 것이다.

　나는 나만의 《오디세이》를 쓰되 이 좁디좁은 감방 안에서 내

목숨으로 쓸 것이다.

오디세우스가 그랬듯이 나는 영웅성과 비겁함, 진실성과 교활함을 갖고 행동할 것이며 패배와 승리를 모두 맛볼 것이다. 나의 이 모험은 오직 죽음에 이르렀을 때에야 끝날 것이다.

나는 내가 꿈꾸는 페넬로페를 가질 것이다.

나는 쓸 것이다. 살아남기 위해, 견뎌내기 위해, 싸우기 위해, 나 자신을 사랑하고 내 실패들을 용서하기 위해.

탐조등이 중정을 쓸고 지나간다. 유령 같은 반사광이 벽에 비쳤다가 스며들고 만다.

감방의 한가운데에 목재가 다 갈라지고 있는 배 한 척이 서 있다. 그 갑판 위에는 자기모순에 시달리고 있는 오디세우스가 서 있다.

글로 쓰기에 완벽하게 아름다운 장면 아닌가.

유령 같은 불빛에 희게 물든 손을 뻗어 펜을 잡는다.

나는 어둠 속에서도 글을 쓸 수 있다.

나는 태풍 속에서 부서져가고 있는 배를 내 손바닥 위에 올려놓고 쓰기 시작한다.

내 뒤에서 철문이 닫혔다.

재판관의 걱정

매우 이상한 일이 내게 일어나고 있다.

법원은 '종교적인 반역 음모 가담자'라는 죄목으로 내게 가석방 없는 종신형을 선고했다. 그들이 증거랍시고 내민 건 내가 쓴 세 편의 칼럼과 한 번의 텔레비전 출연뿐이었다.

열흘 뒤 같은 법정에서 나를 또 재판에 세웠는데, 이번에 그들이 내게 씌운 혐의는 '마르크시스트 테러리스트'였다. 근거는 그들이 나를 '종교적인 반역 음모 가담자'라고 판단한 근거였던 바로 그 칼럼이었다.

같은 법정, 같은 칼럼, 두 가지 극단적으로 상반되는 혐의.

두 번째 재판(내게 '마르크시스트 테러리스트'라는 혐의를 씌운)에서 재판장은 내 변호사들의 변론에 끊임없이 끼어들면서 '짧게 하라'고 주문했다.

마지막에 가서 재판관들은 선고를 내리겠다고 하더니 마이크를 껐다.

그들 세 사람은 자기들끼리 이삼 분 동안 대화를 나눴다.

그들이 대화를 마칠 때쯤 어떤 이유에선가 마이크가 다시 켜졌고, 재판장이 말하고 있던 마지막 문장이 재판정 내에 크게 울려 퍼졌다.

"어 참, 이러다간 다섯 시 거 놓치겠네!"

그는 다섯 시에 출발하는 통근버스를 놓칠까 봐 걱정하고 있었다.

그러더니 그는 나에 대한 판결문을 읽었다.

"징역 육 년."

삼 분 만에 나는 육 년을 선고받았고 판사들은 통근버스를 놓쳤다.

우리 양쪽 모두 화가 났는데 내가 보기엔 판사가 나보다 더 화가 난 것 같다.

나는 다시는 세상을 보지 못할 것이다

나무의 정령들

여러 달 동안 나는 단 한 권의 책도 읽지 않았다. 책에 손도 대지 않았다.

'바깥'에서 책이 배달돼 들어오는 일은 금지돼 있었다. 교도소에 도서관이 하나 있었지만 어떤 이유에선가 문을 닫고 있었다.

나는 책이 가득 찬 집에서 자랐다. 책들 사이에서 어린 시절을 보냈다. 책들은 숲속 나무의 정령들이었다. 하지만 그것들의 핵심은 내가 쉽게 붙잡을 수 없었고, 아주 복잡하고 지루해 보였다. 나는 숲 자체보다는 그 요정들의 밝은 색깔, 그들이 풍기는 신비스런 분위기, 그들의 자신만만한 미소 따위를 더 좋아했다.

내가 처음으로 집에서 사라진 건 다섯 살 때였다. 부모님은 몇 시간을 찾아 헤맨 끝에 우리 동네에 새로 문을 연 서점에서 나를 찾아냈다. 나는 두 개의 서가 사이 바닥에, 앞에 책을 잔뜩 쌓아 놓고 앉아 있었다.

종이에 인쇄되어 있는 신비한 작은 상징들은 내가 그것들에게 눈길을 주자마자 살아나 빛을 냈다. 그것들은 낯선 도시, 골목길, 가파른 바위산, 사막, 그리고 궁전 같은 것들로 하나의 모습에서 다른 모습으로 끊임없이 변신했다. 그것들은 내게도 마법의 물을 뿌려줘서 나 또한 변신했다. 나는 피터 팬이 되었고, 파르다이얀의 기사가 되었고, 아르센 뤼팽이 되었고, 셜록 홈스가 되었고, 아이반호가 되었고, 란슬롯이 되었다.

나는 내 유년시절을 나무의 정령들과 어울려 놀면서 보냈다. 나는 그들이 책갈피에 잠들어 있는 동안 늘 내 가까이에 두곤 했고, 그들은 내가 책을 다시 펼치는 것과 동시에 잠에서 깨어 춤을 추기 시작했다. 나는 그들이 잠들어 있는 모습을 보는 것도 좋아했다.

교도소가 제일 힘들었던 이유 중 하나는 책이 없는 곳에서 산다는 사실 자체였다.

마침내 저들이 도서관의 장서 목록을 건네줬다. 그것은 여기저기에 보석이 박혀 있는 쓰레기장과 비슷했다. 아무런 가치도 없는 것들이 대부분이었지만 교도소에서 보게 되리라고는 상상도 하지 못했던 책들도 있었다.

교도소에서는 모든 일이 소원 수리 형식으로 이뤄지기 때문에 나는 즉각 원하는 책들을 넣어달라는 청원서를 작성했다.

오랫동안 아무런 답신도 없었다.

이제 그만 희망을 접어야겠다 싶던 무렵의 어느 날 아침, 철문 중앙에 달린 작은 문이 열리더니 책 한 권이 떨어졌다.

나는 몇 달이고 아무런 희망도 없이 바다 위를 떠돌아다니다가 마침내 "땅이다!"라고 외치게 된 뱃사람과 같은 희열을 느끼면서 그 책을 집어 들었다.

나는 내게 그토록 엄청난 즐거움과 한없는 신뢰, 그리고 온몸이 떨리는 희열을 선사하던 나무의 정령들과 재회하게 되었다.

그건 마치 인생이 갑자기 변하는 것 같은 일이었다. 저 안쪽 깊은 곳에서 일어난 작은 균열 하나가 대륙을 쪼개 떠다니게 만든다.

나는 내버려진 게 아니었고, 혼자인 게 아니었고, 길을 잃은 게 아니었다.

나는 내 두 손에 한 권의 책을 들었다.

그들이 내게 넣어준 건 톨스토이의 《카자크 사람들》이었다.

여전히 격렬한 갈등에 시달리고 있는 문학의 제우스께서 우리의 감방으로 강림하셨다.

가장 예상치 못했던 장소에서 나는 보병소대의 하사관을 공주처럼 우아하게 묘사할 수 있는, 버지니아 울프의 말을 빌자면 '가장 조심스럽게 감춰져 있는 인간 본성의 비밀을 드러내'고 '여러 개인의 마음을 그들이 입고 있는 외투에 달린 단추의 개수를 세는 것만큼이나 분명하게 읽어낼 수 있는' 천재의 책을 손에 넣게 된 것이다.

내 감방에 온 첫 번째 손님이 톨스토이라는 게 특별히 기뻤다. 왜냐면 울프가 모든 작가들에게 모범이 되는 작가라고 높이 평가했던 이 사내는 내겐 사람뿐만 아니라 문학 그 자체의 비밀을 해독하는 길을 안내해준 이였기 때문이다. 톨스토이를 처음 읽은 그 후로 나는 문학 작품이나 작가들에 대해 이야기할 때마다 내가 갖고 있는 톨스토이의 이미지를 준거로 삼곤 했다. 많은 문장과 자신이 최고라고 외치는 주장이 그의 그림자에 가려 빛을 잃고 스러졌다.

톨스토이가 남긴 그림자는 그의 빛만큼이나 거대한 것이어서 그의 시대를 넘어 길게 드리운다.

톨스토이는 시골 소년이 무당벌레를 잡는 것만큼이나 쉽게 인생을 포착해서 자기 손바닥 위에 올려놓을 수 있었다. 그의 거대한 그림자는 이십 세기 문학 전체에 드리우고 있다.

십구 세기의 모든 위대한 작가들이 이십 세기의 작가들에게는 위압적으로 느껴지지만 그중에서도 가장 위압적인 존재는 톨스토이다.

오르기에 너무 가파른 산을 만나는 여행자들이 그걸 돌아서 갈 길을 모색하듯이 이십 세기의 소설가들은 톨스토이와 비교당하지 않으려고 그가 갔던 것과 다른 길을 모색했다. 극소수의 작가들만이 톨스토이가 그랬듯이, 감히 삶 전체를 자기들 손바닥 위에 올려놓고 재구성할 길을 모색한다.

십구 세기의 문학이 저 깊은 곳에 있는 인간의 감정과 가장 조심스럽게 감춰져 있는 인간 본성의 비밀을 우리에게 이야기하고자 했다면 이십 세기 문학은 관념을 향해 방향을 틀었다.

관념으로 방향을 튼 이유는 그것이 사람들의 마음을 읽고 감정을 세세히 다시 헤아리는 일에 비해 언제나 더 쉽기 때문이다.

소설 속의 관념은 치명적인 위험 요소를 포함하는데, 왜냐면 관념이란 소설 속에 작가를 투사하기 때문이다. 소설 안에 관념이 더 풍부하게 들어 있을수록 작가가 더 많이 드러난다. 소설 안에 작가가 더 많이 들어 있을수록 등장인물을 위한 공간은 더 협소해진다. 인물들은 충분히 발전하기 어려워지고 더 중요하게는 그들이 깊이를 얻는 게 불가능해진다.

위대한 십구 세기 소설들을 들여다보면 인물들이 작가보다 앞에 나서 있는 걸 볼 수 있다. 고리오 영감이 발자크보다 전면에 나서 있고, 안나 카레니나가 톨스토이의 자리를 차지하고 있고, 플로베르 대신 보바리 부인이, 도스토예프스키 대신 카라마조프가의 형제들이 그 자리에 앉아 있다. 그와 반대로 이십 세기 소설의 경우는 소설가들이 등장인물들보다 전면에 나서 있다.

〈특성 없는 남자〉를 쓴 로베르트 무질은 문학사상 가장 뛰어난 작가들 중 하나였고, 관념에 상당한 중요성을 부여한 작가였다. 그는 관념들의 자서전을 쓰고 싶다고 말하기도 했는데 이 작품을 보면 무질 본인이 등장인물인 울리히보다 전면에 나서 있는 걸 알 수 있다. 이 책은 울리히가 아니라 무질의 것이다.

이와 유사하게 셀린이 바르다무 앞에, 조이스가 블룸보다 앞에 나서고 있다.

이 두 세기 소설들 사이의 차이는 내가 생각하기에는 소설 속에서 작가와 관념이 차지하는 중요성에 있다.

나는 작품 안에서 인물의 감정과 그들 사이의 관계가 우선순위에 있는 소설을 읽는 걸 좋아한다.

소설에서는 나는 명료한 관념보다는 복잡하게 얽힌 감정을 더 선호한다. 내 나무의 정령들은 감정이 드러날 때에는 선명하고 활기가 있었지만 관념이 문장을 장악하게 되면 창백해지곤 했다.

나는 관념이 소설의 모태 역할을 해서는 안 되고 반대로 소설이 관념을 낳아야 한다고 믿는다.

물론 문학 작품이란 정확한 공식에 근거한 처방의 결과물이 아니기 때문에 여기서 지금 이 말을 하고 있는 나보다 훨씬 더 한 권위를 갖고 이와는 정반대의 주장을 하는 이들도 있을 것이고, 문학이라는 무지개에서 나오는 다른 색깔을 선호하는 이들도 있을 것이다.

결국에 가선 우리 모두 자기가 쓸 수 있는 걸 쓰고, 그러고 나서야 자기가 그렇게 써야만 했던 이유를 정리하게 된다.

톨스토이가 사람들의 감정에 대해서 쓴 건 그에게 사람들의 마음을 읽고, 그들이 느끼는 바에 대해 쓸 수 있는 능력이 있었기 때문이다.

톨스토이는 이 일을 놀라울 정도로 직관적으로 해냈다.

나는 여성의 성에 대해 아는 게 전혀 없었던 이 사람이 《안나 카레니나》를 써낸 사실에 대해 '직관' 말고는 다른 어떤 말로도 설명할 수 없다.

톨스토이는 여자들이 섹스를 즐기지 않는다고 믿었다. 도리스 레싱은 톨스토이가 그의 아내와 맺었던 관계의 방식을 통해 그가 왜 이런 터무니없는 오해를 하고 있었는지 설명할 수 있다고 생각했다. 톨스토이는 발정난 곰처럼 아내를 덮치곤 했는데 그걸 아내가 거절하자 모든 여성은 섹스를 좋아하지 않는다고 생각하게 됐다는 것이다.

그러나 이 발정난 곰은 문학사에서 가장 잊히지 않을 여성 인물들 중 몇 사람을 창조해냈다.

문학에서의 천재성이 관념과 지식보다는 직관의 산물이라는 사실을 이보다 더 잘 증명할 수 있는 또 다른 예가 있을 것 같지는 않다.

서양 근대문학이 직관을 매우 하찮게 여기고, 심지어는 '키치' 정도의 수준으로 다루기도 한다는 걸 모르지 않는다. 그러나 발자크, 톨스토이, 그리고 도스토예프스키를 볼 때면 그들이 자신들의 직관에 의지하지 않고 오로지 관념만 갖고 썼다면 오늘날 그들을 기억하는 이가 아무도 없을 거라는 생각이 드는 걸 어쩔 수 없다.

내 주장을 극단적으로—토론이나 논쟁을 할 사람도, 생각을

나는 다시는 세상을 보지 못할 것이다

말해보라고 할 만한 사람도 전혀 없는 감방에 사는 사람의 무한한 자유를 활용해서—밀고 나가 보자면, 심지어 이렇게 말할 수도 있을 것이다.

한 소설가가 자신의 소설에 깊이를 부여할 때에는 직관뿐만 아니라 특정한 정도의 무지에 의해서도 도움을 받는다.

내가 이런 말을 하는 건 내 무지를 용서받으려는 시도일 뿐이라고 봐도 무방하다. 그렇다 하더라도 문학에서 무지의 중요성에 대한 내 신념은 포기할 수 없다.

소설가는 자신이 정말로 필요로 하는 지식은 그의 마음속, 직관이 자리 잡고 있는 곳에서 그리 멀지 않은 비밀 저장고에 보관해 두고 있다. 그 저장고는 너무나 잘 숨겨져 있어서 소설가 자신조차 그 안에 무엇이 쌓여 있는지 잘 모른다.

열대 과일의 안쪽에 있는 주스를 얻기 위해서는 무겁고 폭이 넓은 칼로 힘차게 내리쳐서 그 단단한 껍질을 쪼개야 하듯이 소설가도 글을 쓰다가 그 숨겨진 저장고에 들어가기 위해서는 자기의 마음을 쪼개야 한다. 자기 자신을 해체하고 가장 깊은 곳까지 들어갔을 때, 그곳에서 스스로도 놀랄 만한 비밀들을 얻게 된다.

표면에 머무는 지식들은 소설가에게는 별로 쓸모가 없다. 소설가가 필요로 하는 것은 삶 속으로 스며들어 가장 깊은 바다에 도달한 진실이다. 심지어 자기 자신도 놀라게 할 만한 지식을 얻게 될 때, 소설가는 자기만의 소설을 쓰게 된다.

플로베르가 "보바리 부인, 그것은 나다"라고 말한 데는 분명한 이유가 있다. 그가 엠마 보바리의 감정에 도달하게 된 건 표면이 아니라 바로 그 깊은 곳에 있는 저장고를 통해서였다. 그곳에는 그가 자신도 모르게 쌓아 놓은 지식이 있었다.

소설을 쓰는 일에는 순전히 본능과 직관에만 의지하는 동물적인 어떤 면이 있다. 그것이 바로 그 '무지한 발정난 곰'이 《안나 카레니나》를 쓸 수 있었던 이유다. 톨스토이는 짐승 같은 원초적 방법을 통해서만 그런 정교함에 도달할 수 있었다.

몇 달 동안 아무것도 없이 지내다가 처음 손에 넣은 책 때문에 나는 거의 넋을 잃었다. 나는 책을 가슴에 꼭 품은 채 생각이 걷잡을 수 없이 떠오르고 서로 충돌하기도 하는 걸 느끼면서 중정 안을 왔다 갔다 했다.

나는 책을 소유하는 기쁨을 깊이 음미했다.

조금 진정이 되고 난 뒤에야 방 안으로 들어와 플라스틱 의자에 앉아 읽기 시작했다.

모스크바의 가식에 질려하면서도 카자크인들의 자연스러운

삶의 방식을 깊이 흠모하는 젊은 올레닌, 침대에 앉아 삶이 흘러가는 걸 별다른 감흥 없이 지켜보는 아름다운 마리안카, 이 기적인 에로시카, 남의 걸 훔치는 일에 긍지를 느끼는 농부들, 재미로 서로를 죽이는 타타르인과 카자크인, 꿀 한 잔과 함께 마시는 술병에 가득 찬 와인, 나무 울타리로 구획되어 있는 정원들, 각종 허브와 꽃의 향기, 히힝거리는 말들, 홰를 치는 수탉들, 사랑, 전쟁, 총소리….

사실을 말하자면 이 작품은 톨스토이가 쓴 것들 중 가장 약한 작품에 속한다. 젊은 톨스토이는 독자들에게 자신이 만났던 이질적인 문화와 자연에 대해 말하고 싶어 한 나머지 표면에 머무는 정보의 편린에 근거해 이 소설을 썼고, 그래서 이 느슨하게 직조된 작품에서는 작가가 주인공보다 앞에 나서고 있다.

이 작품은 올레닌이 아니라 톨스토이의 것이 되었다.

이 소설은 넘치는 정보에 의한 희생물이 되었다.

푸시킨이 《대위의 딸》에서 그랬듯이 톨스토이는 자신이 목격한 것들을 좀 더 촘촘하게 엮어내기 위해 사실의 덫에 빠져서 플롯과 인물들을 뒤로 밀어냈다.

이 소설을 형성한 것은 직관이 아니라 젊은 톨스토이의 관념과 지식이었다.

이 모든 요소들이 눈에 들어왔지만 솔직히 말하자면 신경도 쓰지 않았다.

나는 나무의 정령들의 매혹적인 신비 속으로 나를 내맡겼다. 그들은 빛나는 문장들과 여기저기 박혀 있는 생기 넘치는 묘사 위에서 춤을 추면서 나를 강변으로, 시골의 정원으로, 전쟁터로, 순수한 사랑의 광경 속으로 데리고 갔다. 톨스토이의 밝은 앞날은 그 문장들 안에 이미 예견되어 있었다.

나는 책들과, 나의 정령들과 재결합했다.

숲은 다시 한번 기쁨의 장소가 되었다.

나는 다시는 세상을 보지 못할 것이다

공고

교도소에 있으면 늘 사랑하는 사람들을 걱정하게 된다. 밖에서 어떻게들 지내는지, 다들 별일 없는지, 건강은 어떤지, 돈은 부족하지 않은지. 온갖 종류의 질문들이 마음속을 왔다 갔다 한다.

바깥 소식은 여러 번의 변형을 거치고 화학 실험실에서 사용하는 목이 좁아지는 시험관처럼 가장 좁은 경로를 통한 뒤에야 전달된다.

방문객들은 내가 들어서 슬퍼할 것 같은 소식은 이야기해주지 않는다. 나는 그들의 목소리, 그들의 시선, 그들이 끝맺지 못하는 문장들과 그들이 미처 의식하지 못한 채 흘리는 절반의 진실을 통해 추론할 뿐이다.

어느 날, 나는 신문을 통해 사망 공고를 하나 보았다.

처삼촌이 세상을 떠났다. 등골로 한기가 흐르는 게 느껴졌다.

나는 어린 시절부터 처삼촌을 알고 지냈다. 그는 나와 같은 건물에서 삼십오 년을 이웃으로 지냈고, 몸에 문제가 생기면 다른 사람을 보기 전에 늘 가장 먼저 의논하던 의사였다. 이제 그는 이 세상에서 사라지고 없다.

내가 이 소식을 들으면 슬퍼할까 봐, 사람들은 이 일을 내게 비밀로 했다.

나는 그가 세상을 떠났다는 사실을 내가 알게 됐다는 걸 그들에게 이야기하지 못했다. 그 소식이 나를 슬프게 만들었다고 생각하면서 그들이 슬퍼할 것 같았기 때문이다.

내 처삼촌은 내가 외부와 유지하고 있는 그 가느다란 통로 속에서는 여전히 살아 있다.

그는 내가 감옥에서 나갈 때까지 계속 살아 있을 것이다.

내가 출소한 뒤에야 나는 그에게 작별인사를 하게 될 것이다.

그때까지 우리는 서로의 침묵을 통해 그를 살아 있는 상태로 놔두는 것이다.

수갑

팔을 움직일 때마다 철제 수갑은 더 조여든다. 그렇게 설계된 물건이다. 처음에 경찰관이 채우면서 바짝 조이지 않더라도 조금 지나고 나면 그 철제 링은 살갗에 쓸리기 시작한다. 그렇게 해서 양 손목에 붉은 자국을 남기게 된다. 아프다.

수갑을 한 채 걷다 보면 걸을 때 다리뿐만 아니라 양팔 또한 필요하다는 사실을 깨닫게 된다. 팔을 움직이지 않고는 균형을 유지하기 어렵다. 걸을 때는 어쩔 수 없이 팔을 움직이게 된다. 그렇게 하면 수갑이 조여진다.

병원에 엑스레이를 찍으러 호송되던 날 아침, 경찰관이 내게 수갑을 채웠다. 세 명의 다른 수감자들이 동행했다.

경찰관들은 우리 네 사람을 교도소의 호송 차량에 태웠다.

수갑 때문에 호송차에 오르는 게 쉽지 않았기 때문에 경찰관들이 우리의 팔꿈치를 잡고 밀어 올려줬다.

저들은 호송버스 안에 철판으로 감방을 만들어놨다. 버스 안 감방은 각각 길이가 1.5미터, 폭이 1.5미터였다. 각 감방에는 쇠 의자가 앞줄에 세 개, 뒷줄에 세 개, 두 줄이 놓여 있었다. 그 의자들은 바닥에 고정되어 있었기 때문에 움직이지 않았다.

이 감방에는 유리창이라고는 천장에 딱 하나 있었는데 사방 한 뼘 크기에 철창이 가로질러져 있었다. 밖은 보이지 않았다.

저들은 수감자들을 쇠 의자에 나란히 앉게 만들었다. 서로의 어깨가 닿았다.

그러고는 철문을 닫고 밖에서 잠갔다.

만약에 사고가 나면 누구도 우릴 구하지 못할 것이다.

몇 년 전에 이런 버스 중 한 대가 뒤집히면서 불이 붙었는데 감방 안에 갇혀 있던 죄수들이 수갑을 찬 채로 모두 타 죽었다.

철문이 바깥에서 잠기는 순간 쇠로 된 관에 갇히는 것 같은 느낌이 들었던 건 아마도 우리가 그 사고에 대해 알고 있었기 때문일 것이다.

버스가 움직였다. 상당히 덜컹거리는 길이었다. 버스가 한 번씩 덜컹거릴 때마다 수갑은 조금씩 조여왔다. 우리의 어깨와 어

나는 다시는 세상을 보지 못할 것이다

깨가 끊임없이 부딪혔다.

나와 함께 병원으로 향하던 세 명은 모두 정신과 의사를 만나러 가는 전직 판사들이었다. 그들은 마흔에서 마흔다섯 정도의 나이였다.

우린 대화를 시작했다.

그들은 군사 쿠데타에 참여했다는 혐의로 여러 도시에서 체포됐다.

그중 한 사람이 말했다.

"내 파일에는 아무것도 없어요. 증거라고 할 만한 게 전혀 없어요. 날 구속한 판사는 가까운 동료였습니다. 나란히 앉아서 일했어요. 나를 구속하라는 명령을 내리고 나서 그 친구는 나를 안고 울었습니다. 그러면서 이렇게 말했습니다. '자네를 구속하지 않으면 저자들이 날 구속할 거야.'"

그들은 자신들이 어쩌다가 이런 재앙을 만나게 됐는지 어림짐작도 못하고 있었다. 그들은 판사로 재직하는 동안 그들 스스로 수백, 어쩌면 수천의 사람들을 구속했던 이들이다. 어느 날 자신들이 그와 유사한 운명에 처하게 되리라고는 상상도 하지 못했다.

내 앞자리에 앉아 있던 판사가 돌아보며 말했다.

"난 교도소가 이런 데인 줄은 몰랐어요." 그는 잠시 말을 멈추더니 이렇게 덧붙였다. "사실 감옥이 어떤 데인지 한 번도 생각해본 적이 없어요."

내 옆에 앉아 있던 이는 거의 어린아이처럼 천진난만하게 말했다.

"감옥이 이런 데인 줄 알았으면 그렇게 많은 사람을 구속하지는 않았을 거예요."

그들은 놀라울 정도로 솔직하게 말했다. 그들은 다른 이들에게나 벌어지는 일일 뿐 자신한테는 절대로 일어날 리가 없다고 생각해오던 재앙을 당하게 된 것인데, 따라서 전혀 준비가 되어 있지 않은 상태였으므로 그 일이 닥치자 걷잡을 수 없이 무너졌다.

나는 큰 권력을 갖고 있고, 사실상 면책특권을 누리던 이들일수록 삶으로부터 불의의 일격을 당할 때 회복력이 현저하게 떨어진다는 사실을 목격했다. 이제 그들은 한때 자신들이 차지하고 앉아서 남의 운명을 재단하던 바로 그 자리에 앉은 이들에 의해 재단당하는 입장이 된 것인데, 그들에게는 그 추락이 다른 이들이 느낀 것에 비해 유난히 더 고통스러웠다. 그들의 영혼은 그들이 받은 타격의 심대함 때문에 산산조각 나버렸다.

그들의 말에 따르자면 수감자들 중에서 정신과 의사를 가장 자주 보러 가는 이들은 전직 검사와 판사들이라고 했다.

그들 중 한 사람이 철문에 머리를 기댔다. 금세라도 눈물이 쏟아질 것 같은 모습이었다.

"난 여기서 더 이상 못 견디겠어요. 식구들이 보고 싶어요."

그는 고통이 너무도 큰 나머지 기력을 완전히 소진해버렸고 그 사실을 감출 만한 힘도 남아 있지 않았다. 그런데 어쩌면 그는 자신의 고통을 감추고 싶지 않았을지도 모른다. 사실 그가 원하는 건 고통에 대해 이야기하는 것뿐이었고 다른 데에는 아무 관심이 없었다. 마치 그에게 남은 거라고는 그가 느끼고 있는 고통뿐인 것처럼 보였다. 마치 손에 달라붙은 걸 털어버리려고 있는 힘을 다해 손을 흔드는 사람처럼 그는 자신의 의식에 달라붙어 있는 고통에서 벗어나기 위해 자신의 존재 자체를 흔들어대고 있었다.

나는 그가 울음을 터뜨릴까 봐 겁났다.

바로 그 순간, 버스가 멈춰 섰다. 병원에 도착한 것이다.

저들이 감방 문을 열어주었다.

우리는 균형을 잃지 않으려 조심하면서 버스에서 내렸다. 이때쯤엔 수갑이 내 양 손목을 죄어들기 시작하고 있었다.

경찰관 한 사람이 내 팔을 붙잡았다.

판사들은 정신과 의사들이 와서 데리고 갔다. 경찰관과 나는 엑스레이부로 갔다. 우리는 복도에서 순서가 오기를 기다렸다.

병원 직원이 지나가면서 거의 입술을 움직이지 않은 채 "얼른 회복하세요. 아흐메트 베이"라고 말했다. 우호적인 목소리였다. 나는 다른 사람들이 눈치 채지 못하게 살짝만 미소를 지었다.

우리 순서가 되어서 엑스레이실로 들어갔다.

경찰관은 내 수갑을 풀 준비를 하면서 내 손목을 잡았다. 그때 목소리가 들려왔다.

"수갑 풀 필요 없어요."

나는 누군지 보기 위해 고개를 돌렸다. 헐렁한 옷에 머릿수건을 두르고 화장은 하지 않은 자그마한 젊은 여자였다. 엑스레이 기사였다.

그 여자는 수갑이 내 손목을 아프게 하고 움직이기 어렵게 만든다는 사실을 알고 있었지만 얼음장같이 차가운 목소리로 벗기지 못하게 했다.

그 여자의 얼굴에는 화도, 짜증도, 적대감도 나타나 있지 않았다.

동정이나 은혜, 자비 또한 없었다.

그 여자는 눈, 눈썹, 입, 코와 턱을 모두 갖고 있었지만 아무런 표정이 드러나지 않았다.

나는 그토록 무표정한 얼굴은 한 번도 본 적이 없었다. 그 얼굴에는 감정의 흔적이 없었다.

성장 과정에서 정서적인 보살핌을 전혀 받지 못했고, 정서적인 혜택 또한 얻은 적이 없고, 남들과 정서적인 교류 또한 가져본 적 없는, 순수한 악의 화신이 거기에 있었다. 그 여자는 악마가 되기 위한 악마일 뿐이었고 그 여자가 그렇게 행동하는 데서 즐거움을 느끼는지 아닌지조차도 알아챌 수 없었다.

그 여자는 자기 앞에 서 있는 수염이 허연 노인의 손목을 조이고 있는 수갑이 그의 피부 속으로 조금 더 깊이 파고 들어가 더 큰 고통을 느끼기를 원하고 있었다.

이 젊은 여성은 믿음이 강한 사람이었다. 그 여자는 동작과 복장을 통해 자신의 종교적 헌신을 드러내고 있었다. 생각건대 그 여자는 기도를 한 번도 빼먹지 않고 예배도 하루에 다섯 번 꼬박꼬박 드려왔을 것이다. 그 여자는 매번 신에게 기도할 때마다 "우리를 바른 길로 인도해 주소서"라고 빌어왔을 것이다.

그 여자가 믿는 종교의 경전에서는 이렇게 말하고 있다. "amr bil ma'rouf wa nahi anil-munkar."

신은 그의 종들에게 옳은 것을 행하고 그른 것을 피하라고 명했다. 쿠란은 인간은 선행을 하기 위해 태어났다고 강조한다. 예언자 무함마드는 천국은 은혜를 베푸는 자들의 것이라고 가르친다.

이 젊은 여자는 이 모든 걸 다 알고 있었다. 이 여자는 분명히 천국에 가는 걸 원하고 있었지만 하는 행동은 은혜가 아니라 악의에서 비롯된 것이었다. 왜? 이 여자는 자신이 하는 행동이 악이 아니라고 생각했던 걸까?

그러나 그건 가능하지 않은 일이었다.

이 엑스레이 기술자는 만약에 종교를 믿지 않는 젊은 여자가 내 나이쯤 되는 이슬람 성직자를 자기가 날 대하듯이 했다면 아마도 '비정하고 사악하다'고 묘사했을 것이다.

그렇다면 대체 왜 이 젊은 여자는 자신의 종교에서 분명하게 권면하는 걸 마다하고 악을 저지른 것일까?

분명한 건 그 여자는 나를 사람으로 보지 않았다는 것이다. 나로서는 알 수 없는 어떤 이유 때문에 그 여자는 나를 자신의 머릿속에 구성해놓은 선과 악의 세계 바깥으로 내쳐버린 것이다.

죄와 가치, 선함, 악함과 윤리성 따위의 개념은 내게는 적용되지 않았다. 그 여자는 친절과 배려로 나를 대해야 할 어떤 이유도 느끼지 못했다.

　나는 그 여자에게는 아무것도 아닌 비존재였고, 종교나 윤리
가 가닿을 수 있는 곳 너머에 있는 자였다.

　그 젊은 여자의 마음속에는 내 눈에는 보이지 않는 어떤 커
튼이 종교, 윤리, 지성과 감정의 주변을 꽉 조이게 둘러쳐 있고,
그 바깥은 나처럼 수갑을 찬 이들을 위해 마련되어 있는 거대
한 공허일 뿐인 듯했다.

　악이 그 공허를 점령했다.

　그 여자도 교도소 병원 바깥에서는 신앙심 깊고, 윤리적이고
자비심이 넘치는 개인일 것임에 틀림없다. 그런 가치들이 모두
사라진 건 아니었지만 그것들이 차지하고 있는 공간은 현저하
게 축소되어 있었다.

　수갑을 손목에 찬 채로 나는 엑스레이 기계 앞에 섰다. 그 여
자는 아무 감정도 느껴지지 않는 목소리로 내가 취해야 할 자
세를 지시했다.

　엑스레이를 찍는 동안 나는 그 여자에 대해 생각했다.

　누구나 그렇듯이 나도 악에 익숙하다. 하지만 어떤 때는 분노
가, 어떤 때는 재치가, 그리고 어떤 때는 심지어 친절까지도 악
에 더해질 수 있는 것이고, 다른 어떤 때는 복수가, 어떤 때는

불안이 더해져서 그 상황의 반대급부를 얻게 해주기도 하는 것이다. 완전히 텅 빈 공허 속에 유일하게 악만 존재하고 있는 모습은 누구나 타고나는 인간적인 측면의 어떤 것도 갖고 있지 않은 조악한 모조품처럼 여겨졌다.

그 여자는 나를 엑스레이로 촬영하고 나서 여전히 아무런 표정 없는 얼굴로 자기가 갖고 있던 노트에 나에 관한 사항들을 적어 넣었다.

경찰관과 나는 병원을 떠나 버스에 올라탔다.

판사들도 돌아왔다.

다시 그들은 우리들을 철관에 넣고 문을 잠갔다.

판사들의 '심리치료'는 예상보다 짧았다.

"어땠어요?" 내가 물었다.

그들이 만난 정신과 의사 또한 수갑을 벗게 해주지 않았다고 한다. 감금과 수갑 착용에서 비롯된 트라우마로 고통받아 온 판사들이 손목에 수갑을 찬 채로 '의사'에게 자신들의 고통에 대해 설명한 것이다.

자기 환자들의 손목에서 수갑을 벗겨내지도 않은 채 진료하는 정신과 의사라니.

이건 그 엑스레이 기사보다 더 이해하기 어려운 경우였다.

"교도소 병원에서는 모든 환자들을 대할 때 수갑을 채워둬야 하는 건가요? 그게 규정인가요?" 내가 물었다.

"전혀요." 판사들이 대답했다. "의사 개인한테 달려 있어요. 어떤 이들은 수갑을 풀어주고 어떤 이들은 오늘 만난 정신과 의사처럼 그대로 놔두죠."

베풂이 결여된 독실함, 환자를 더 악화시키는 의사 노릇. 그들이 우리를 치료한 방식은 종교와 의료 어느 쪽의 기준에도 들어맞지 않았다.

그 엑스레이 기사와 정신과 의사가 보인 행동의 유사성에 대해 설명할 방법이 반드시 있을 것이다. 그 사람들이 그토록 냉정하고 기본적인 품위마저 스스로 몰수하게 된 건 그들이 교도소 병원에서 일하기 때문인 걸까?

하지만 내게 회복을 빌어주던 사내나 판사들의 수갑을 풀고 진료했던 지난번의 의사 역시 교도소 병원에서 일하는 사람들이었다.

모든 사람이 똑같이 행동하는 건 아니다. 교도소 병원이 미치는 영향은 사람마다 다르게 나타났다.

나는 빅터 프랭클이 발견한 놀라울 정도로 단순한 사실을 떠올렸다. 그는 아우슈비츠에 갇혀서 끔찍한 고통의 시간을 보낸 뒤, 나중에 로고테라피라는 심리치료 방법론을 창시했다. 프랭클은 수용소의 수감자들과 경비원들이 보인 서로 다른 반응을 관찰한 뒤, 이런 결론을 내렸다. 어떤 인간은 고결하고 어떤 인간은 비열하다. 수감자 중에 비열한 개인이 있을 수 있고, 경비원 중에 고결한 개인이 있을 수 있다.

그 자신이 그 끔찍한 잔인함의 대상이었고 인간의 정신을 어지럽히는 문제에 대한 해법을 찾는 일에 평생을 바쳐온 의사가 이런 판단에 도달하다니. 그의 이런 판단은 처음 그의 책을 읽을 때 내게 충격으로 다가왔다.

우리가 마주했던 태도에도 이 간단한 설명을 적용할 수 있을까?

고통에 관한 한 나와는 비교도 되지 않는 경험과 지식을 지닌 과학자의 이 말에는 당연히 진실의 요소가 들어 있다.

비열함이란 적절한 조건만 주어진다면 어떤 복장을 갖추고 있든 성장하고 꽃을 피울 수 있는 것처럼 보인다. 그런 사람들은 악을 행할 수 있는 힘과 기회를 발견하게 되면 자신들의 비열함을 아낌없이 내보인다.

물론 이런 종류의 비열함은 처벌되지 않고 오히려 보상받는다. 그들이 우릴 그런 식으로 다뤘다고 해서 누구도 화를 내지 않을 것이다. 어쩌면 오히려 격려를 받을지도 모른다.

버스가 덜컹거리고 방향을 트느라 휘청거릴 때 내 등이 쇠 의자에 강하게 부딪혔고 그 충격 때문에 나는 무언가를 붙들고 자 무의식적으로 손을 들어올렸다. 때문에 수갑은 내 손목을 더 꽉 조여왔다.

갑자기 나는 내가 느껴온 게 다 틀렸다는 걸 깨달았다. 나는 화를 내고, 격분하고, 심지어 슬퍼해야 마땅했다. 그렇게 하는 대신 나는 새로운 종의 식물을 발견한 식물학자처럼 그들의 행 동이 그들 자신의 종교적인 믿음이나 직업윤리에 어떻게 반하 는 것인지를 살피느라 이런 감정들을 잊고 있었다.

이건 어쩌면 나의 방어기제일 것이다. 나는 내가 마주친 사소 한 악마적 행동이나 내게 모욕감을 주는 행동에 대해 감정적으 로 연연하지 않았다. 그 대신 각각의 태도를 분류하고 그 태도 뒤에 놓인 이유를 이해하려고 노력했다. 내 기억의 서랍들에 저 장해 두었다가 나중에 언젠가 그에 관한 글을 쓰게 되면 꺼내 볼 수 있도록 말이다.

이 방법은 그 목적을 달성했다.

분명한 목적의식을 갖고 그런 선택을 했던 건 아니었지만 나 는 내 주변에서 일어나는 이런 모든 일로부터 나를 보호해주는 보이지 않는 장벽을 쌓는 일에 성공했다.

저들이 나를 인간도 아닌 것처럼 다룰 때, 나는 저들이 연구 주제인 것처럼 행동함으로써 맞설 수 있었다.

버스가 멈추고 우리는 내렸다.

그들은 교도소 입구에서 우리의 수갑을 풀어줬다.

내 양 손목에는 보라색 멍이 생겼다.

나는 치료를 받기 위해 길을 나섰지만 악에 의해 상처받고 돌아왔다.

나는 그 뒤로 다시는 병원에 가지 않았다.

나는 다시는 세상을 보지 못할 것이다

새

이 교도소는 방마다 길이가 여섯 걸음, 너비가 네 걸음에, 한 가운데에는 빗물이 흘러 나가도록 배수구가 설치돼 있는, 돌이 깔린 중정이 딸려 있다.

중정을 둘러싸고 있는 높은 담장에는 철조망이 둘러쳐 있다. 그 위를 철창이 덮고 있다.

위를 올려다보면 내 아버지가 감옥에서 쓴 소설의 제목 그대로 '손바닥만 한 하늘'이 보이는데 그것조차 철창 때문에 작은 정사각형들로 쪼개져 있다.

봄이 오면 철새들이 철창 안으로 날아 들어와 철조망 위에 둥지를 짓는다.

서로 맞닿은 중정 안을 서성거리던 수감자들은 서로를 볼 수는 없지만 소리를 질러서 대화를 나눌 수 있다. 우리는 목소리를 통해 서로를 알아보기도 한다.

우리 방에서 가장 젊은 셀만은 우리는 모르는 이웃과 이따금 대화를 나누곤 한다.

대화의 내용은 별 의미가 없다.

중요한 건 자기가 갇혀 있는 감방 벽 너머에 다른 사람들이 있다는 사실이고 그들에게 자기의 존재를 알리는 것이다.

우리한테 세계란 우리의 목소리가 가닿을 수 있는 이웃 중정을 말한다. 소리를 지르는 게 우리가 이 세계와 소통하는 방법이다.

어느 봄날, 셀만은 우리 옆 마당의 목소리와 대화하고 있었다.

"우리 마당에 철새들이 날아들기 시작했어요." 셀만이 말했다. "난 잉꼬를 한 마리 돌봐주고 있어요." 목소리가 대답했다. "이 녀석은 이 감옥 안에서 태어났는데 어미가 죽어서 내가 키우고 있어요."

"그쪽 잉꼬가 날아다니는 건 한 번도 못 본 거 같은데요." 셀만이 말했다. "내가 시간을 한 번도 제대로 맞추지 못한 모양이에요."

"이놈은 날지 않아요." 옆 마당의 목소리가 말했다.

나는 다시는 세상을 보지 못할 것이다

그러고는 자식의 처지를 슬퍼하는 아버지의 연민이 어린 목소리로 이렇게 덧붙였다.

"이놈은 하늘을 무서워해요."

작가의 역설

움직이고 있는 물체는 그것이 있는 곳에 있는 것도 아니고 그것이 없는 곳에 있는 것도 아니다. 제논의 유명한 역설이다. 나는 이 역설이 물리학보다는 문학, 그보다는 사실 작가에게 더 잘 들어맞는다고 젊은 시절부터 믿어왔다.

나는 감방에서 이 말을 쓰고 있다.

어떤 내러티브에든 '나는 감방에서 이 말을 쓰고 있다'는 문장을 더하게 되면 저 어둡고 신비로운 세계로부터 울려 나오는 무시무시한 목소리, 강자를 두려워하지 않는 약자의 용감한 태도와 자비를 구하는 외침 소리 같은 것 들을 연상케 하면서 곧장 긴장과 생동감을 더하게 된다.

이 문장은 사람들의 감정을 충동질하기 위해 쓰일 수 있다는

나는 다시는 세상을 보지 못할 것이다

점에서 위험한데, 작가들은 이런 문장을 쓰는 걸 항상 꺼리지는 않는다. 자신의 글이 누군가의 감정을 흔들지 못할 수도 있을 것 같다는 생각이 들 경우에는 자신이 원하는 걸 얻기 위한 방편으로 활용하기도 하는 것이다. 그리고 작가의 이런 의도를 이해하는 것만으로도 독자는 이런 문장을 쓰는 작가에게 연민을 느끼게 될 수도 있겠다.

잠깐. 당신이 나를 위한 자비의 북을 치기 전에 내 말을 좀 들어주기 바란다.

그렇다, 나는 황야 한가운데 있는 고도 보안 교도소에 수감되어 있다.

그렇다, 나는 쇠가 철컹거리는 소리를 내면서 문이 열리고 닫히는 감방에서 살고 있다.

그렇다, 저들은 그 문 가운데에 뚫린 개구멍을 통해 내게 음식을 넣어 준다.

그렇다, 내가 서성거리곤 하는 돌이 깔린 작은 마당의 꼭대기조차 철창으로 막혀 있다.

그렇다, 나는 내 변호사들과 아이들 외의 누구와도 면회를 할 수 없다.

그렇다, 나는 내가 사랑하는 이들에게 두 줄짜리 편지를 보내는 것조차 금지당한 상태다.

그렇다, 내가 병원에 가야 할 때마다 저들은 쇠뭉치가 잔뜩 쌓여 있는 데에서 수갑을 꺼내 내 손목에 채운다.

그렇다, 저들이 나를 감방에서 꺼낼 때마다 "팔 들어, 신발 벗어" 같은 명령들이 내 얼굴을 후려친다.

이 모든 것이 사실이다. 그러나 이게 전부는 아니다.

여름날 아침, 태양의 첫 번째 볕이 커튼 없는 창문의 철창 사이를 지나 빛나는 창처럼 내 베개를 찌를 때 나는 중정 처마 밑에 둥지를 지은 새들의 흥겨운 노랫소리를 듣고, 다른 감방 마당을 서성이던 수감자들이 물병을 밟아 부술 때 그들의 발밑에서 나는 그 특유의 빠지직하는 소리를 듣는다.

나는 내가 어린 시절을 보낸 그 정원 있는 저택에 아직도 살고 있다는 느낌을 받으면서, 혹은 어떤 이유에선가(그리고 나는 그 이유를 정말 모르겠는데) 영화 〈당신에게 오늘 밤을〉에 나오는 그 쾌활한 프랑스 거리에 위치한 호텔에 살고 있다는 느낌을 받으면서 잠에서 깨어난다.

북풍의 거센 기운을 품은 가을비가 창문의 쇠창살을 때릴 때 깨면, 매일 밤 타오르는 횃불을 정문 앞에 밝히던 다뉴브강변의 호텔에서 하루를 시작한다. 겨울, 고요히 내리는 눈이 창

나는 다시는 세상을 보지 못할 것이다

문의 철창 안에 쌓이는 소리와 더불어 깨어날 때는 닥터 지바고가 피신해 살던, 전면에 창이 난 집에서 하루를 시작한다.

나는 교도소 안에서 잠을 깬 적이 없다. 단 한 번도.

밤이면 내 모험은 심지어 그보다 더한 거대한 모험들로 채워진다. 나는 태국의 섬과 런던의 호텔, 암스테르담의 거리, 파리의 미로, 이스탄불의 해변가 식당, 큰 길 사이에 숨어 있는 뉴욕의 공원, 노르웨이의 피오르 해안, 길이 죄다 눈에 덮인 알래스카의 작은 도시들을 돌아다닌다.

당신은 아마존의 강가에서, 멕시코의 해변에서, 아프리카의 초원에서 나를 마주칠 수도 있다. 나는 누구도 만나보지 못했고 들어보지도 못했던 사람들, 세상에 여태 존재하지 않았고, 내가 언급하기 전까지는 존재하지 않을 사람들과 하루 종일 대화를 나눈다. 나는 그들 사이에 끼어 들어가 그들이 나누는 대화를 듣는다. 나는 그들의 사랑, 그들의 모험, 그들의 희망, 걱정, 기쁨을 산다. 이따금 마당을 산책하다가 혼자 키득거리기도 하는데 그건 내가 그들이 나누는 재미있는 대화를 들었기 때문이다. 그 이야기들을 교도소 안에서 종이에 옮겨놓고 싶은 생각이 없기 때문에 나는 그것들을 기억이라는 진한 잉크로 내 마음속의 틈 여기저기에 새겨 넣었다.

이 사람들을 내 머릿속에 남겨두고 있는 한 나는 조현병 환자라는 걸 알고 있다. 그리고 이 사람들이 내 책의 지면에 문장의 형태로 드러날 때, 나는 작가라는 것 또한 안다. 나는 조현병 환자와 작가 사이를 오가는 즐거움을 누린다. 나는 내 마음속에 존재하는 이들과 더불어 연기처럼 솟아올라 교도소를 떠난다. 저들은 나를 감옥에 집어넣는 힘을 갖고 있지만 나를 그 안에 묶어두는 힘을 가진 자는 아무도 없다.

나는 작가다.

나는 내가 있는 곳에 있지도 않고, 내가 없는 곳에 있지도 않다.

저들이 나를 어디에 가둬놓든, 나는 내 한계 없는 정신의 날개를 타고 세계를 여행할 것이다.

게다가 나는 전 세계에 걸쳐, 그들 대부분은 만나본 적도 없지만, 친구들을 갖고 있다.

내가 쓴 걸 읽은 눈 하나하나, 내 이름을 반복해서 발음하는 목소리 하나하나가 작은 구름처럼 내 손을 잡고 나를 낮은 평야와 샘물, 숲, 바다, 그리고 도시와 그 안의 거리 위로 날아가게 해준다. 그들은 나를 자기네 집, 자기네 거실, 자기네 방으로 조용히 이끌어준다.

나는 교도소 감방에 앉은 채 전 세계를 여행한다.

당신이 이미 눈치 챘겠지만 나는 거의 신적인 교만함을 갖고 있다. 자주 언급되는 사실은 아니지만 이건 작가들에게는 그리 드문 일은 아니고, 지난 수천 년의 세월 동안 한 세대에서 다음 세대로 전해 내려온 것이다. 내가 갖고 있는 확신은 문학이라는 단단한 껍질 속에서 진주처럼 자라나고 있다. 나는 면책특권을 갖고 있다. 내가 쓴 책들이 철갑처럼 나를 보호하고 있다.

나는 이 글을 감방 안에서 쓰고 있다.

나는 작가다.

나는 내가 있는 곳에 있지도 않고, 내가 없는 곳에 있지도 않다.

당신들은 나를 감옥에 집어넣을 수는 있지만 날 거기에 가둬 두지는 못한다.

왜냐면 다른 모든 작가들처럼 내게는 마법이 있기 때문이다. 나는 당신들이 만들어놓은 벽을 아주 쉽게 통과할 수 있다.

옮긴이의 글

기쁜 소식부터 전해야겠다. 아흐메트 알탄은 내가 지금 이 글을 쓰고 있는 시점으로부터 불과 몇 개월 전인 2021년 4월 14일에 석방되었다. 그러나 마냥 안심할 일은 아니다. 알탄은 불발로 끝난 2016년 7월의 쿠데타 시도로부터 두 달 뒤인 9월 23일에 체포되어 종신형 선고를 받은 뒤에 2019년 11월 4일에 보석으로 풀려났지만 불과 일주일 뒤에 판결이 번복되면서 재수감된 적이 있다. 그러니 앞으로 또 어떤 일이 일어날지 누가 알겠는가. 애당초 체포될 때의 혐의도 쿠데타를 모의하는 이들에게 방송을 통해 '은밀한 메시지'를 전달했다는, 상식적으로 납득하기어려운 것이었다(이 혐의는 재판 과정에서 헌정 질서 교란 시도, 의회 활동 방해 시도, 정부 활동 방해 시도 등으로 바뀌었다). 이런 불투명한 혐의로 종신형까지 덮어씌우는 나라에서 어떤 일인들 안 일어나겠는가. 알탄은 석방되어 집에 돌아온 뒤 짧은 인터뷰에서 이렇게 말했다.

"나는 내가 왜 석방됐는지 그 이유를 모른다. 나는 (전에도) 석방됐다가 다시 구속된 적이 있는데 그때도 모든 일이 내 진술과는 아무 상관없이 진행되었고 지금도 어떤 상황이 벌어지고 있는지 알지 못한다."

아흐메트 알탄은 2016년의 쿠데타 시도에 연루되어 있다는 혐의를 받고 체포되었지만, 그가 에르도안 정부와 대립각을 세운 건 훨씬 전부터의 일이다. 시작은 그가 2008년에 발표한 〈오 나의 형제여〉(이 글의 원제인 Ah Ahparik는 아르메니아어다. 아르메니아인들에게 직접 말을 건넨 것이다)라는 에세이였다. 1915년에 있었던 아르메니아인 학살 사건의 희생자들에게 헌정한 이 글은 이 사건이 "오스만제국이 자행한 잔인한 제노사이드"라는 점을 분명하게 밝혔고, 그로 인해 터키 형법 301조, "터키인다움, 공화국, 국가의 기관과 조직을 모욕한 죄"(한국에도 '국가모독죄'라는 이름으로 이와 비슷한 형법 조항이 있었으나 2015년에 위헌 판결을 받았다)로 심판 대상이 되었다. 그러나 알탄은 여기에서 물러서지 않았을 뿐만 아니라 오히려 한 걸음 더 나아갔다. 알탄은

2010년에 이렇게 썼다.

왜 아르메니아인 학살이 미국, 프랑스, 그리고 스위스의 의회
에서는 논의되는데 터키공화국 의회에서는 논의되지 않는가?
우리는 왜 우리가 너무나 중요하게 생각해서 한 표만 차이가 나
도 치욕으로 받아들이는 이 문제에 대해 먼저 나서서 토론하지
않는가? 우리가 우리 자신의 문제를 토론할 수 없다면 그거야
말로 치욕스러운 일이다. 우리가 그토록 중요하게 생각하는 문
제에 대해 침묵을 지킨다면 우린 치욕스러워야 마땅하다. 다른
사람들을 침묵하게 하려 든다면 그건 더 치욕스러운 일이다.
우리가 수없이 많은 아르메니아인을 죽인 이 사건, 너무나 많이
죽여서 그 수를 제대로 가늠할 수도 없는 이 사건을 전 세계에
서 "종족 학살"이라고 해석하고 있다.

알탄은 2014년에 '저널리즘이란 무엇인가?'라는 제목의 강연
에서는 또 이렇게 말한다. 이 책의 서문을 쓴 이가 참석했던 바
로 그 강연이다.

1915년(아르메니아인 학살 사건)의 백 주년이 다가오면서 이

주제는 터키에서 중요한 이슈가 되고 있습니다. 총리(에르도안이 당시의 총리였다)은 '종족 학살'이라는 표현을 사용하지 않은 채 중립적인 표현을 동원해 아르메니아인들에게 유감의 뜻을 표했습니다. 오늘날 신문에서 '종족 학살'이라는 표현을 동원해 아르메니아인 종족 학살 사건 당시 실제로 있었던 일들을 보도하면 첫 번째 반응은 국가가 아니라 독자로부터 옵니다. 독자로부터의 이런 압력에 맞설 수 있는 신문은 몇 안 됩니다. 독자들은 자신들이 이미 믿고 있는 것, 그들이 배운 것, 확고하게 사실이라고 받아들이고 있는 것들과 다른 내용을 말하는 신문 기사는 읽고 싶어 하지 않습니다.

이쯤 되면 아흐메트 알탄이 단순한 반정부, 반에르도안 인사가 아니라는 점을 알 수 있다. 알탄은 권위주의적인 정부와 싸우면서 동시에 '우리 민족 최고'를 주장하는 시민들과도 맞선다. 게다가 그가 쓴 소설들은 선정적 표현 때문에 자주 문제가 되기도 했다. 전방위적 싸움꾼인 셈인데 그가 오로지 관심을 갖는 것은 언론과 창작의 자유, 그리고 그것을 가능하게 하는 생각의 독립성, 생각의 자유다. 알탄은 바로 이것 때문에 감옥에 갇혔다. 자유가 무엇보다 중요한 사람에게 감금은 확실히 가장 가혹한 처벌이다. 알탄은 이 책에 수록된 열아홉 편의 에세이를 통해 과연 그 괴로움에 대해 세세하게 토로하고 있다. 그리고 그 괴로움의 한 축인 생각의 자유를 통해서 마침내 그 괴로움을 극복해낸다. 아흐메트 알탄은 가장 어려운 순간에 대상과 타협하는 대신 '거의 신적인 교만함'을 갖고 자신의 중심을 더 강고하게 구축하는 쪽을 택한다.

당신이 이미 눈치 챘겠지만 나는 거의 신적인 교만함을 갖고 있다. 자주 언급되는 사실은 아니지만 이건 작가들에게는 그리 드문 일은 아니고, 지난 수천 년의 세월 동안 한 세대에서 다음 세대로 전해 내려온 것이다.

…

나는 이 글을 감방 안에서 쓰고 있다.

나는 작가다.

나는 내가 있는 곳에 있지도 않고, 내가 없는 곳에 있지도 않다.

당신들은 나를 감옥에 집어넣을 수는 있지만 날 거기에 가둬두지는 못한다.

위에 인용한 문장은 열아홉 편의 에세이 중 마지막 편에 들어 있다. '작가의 역설'이라는 제목이 붙은 이 에세이는 이 책이 나오기 전, 2017년 9월 18일에 영국의 작가조합을 통해 제일 먼저 발표되었다. 그에게 종신형을 내린 재판 바로 전날이었다. 예순 여덟 살 노인이 택한 정면 승부였다. '작가'라는 단어는 '생각하는 사람'으로 바꿔도 되겠다. 생각하는 사람의 자존심, 생각하는 사람만의 자유. 이 오래된 주제. 다시 한번 숭고해지는 법.

2021년 8월
고영범

지은이..아흐메트 알탄 Ahmet Altan

1950년에 태어났다. '터키의 밀란 쿤데라'로 불리는 터키의 대표 작가 중 한 사람. 스물네 살에 신문사에 입사해 편집국장을 역임한 뒤 텔레비전 방송국으로 진출하여 다양한 시사 프로그램을 만들었다. 한편 '여성 심리 묘사의 대가'라는 찬사를 받는 터키의 대표작가로 1999년 터키 최고 권위의 문학상인 '유느스나디 소설상'을 수상하기도 했다. 그는 언론의 자유와 사상의 자유를 강력히 옹호하면서 그에 대한 모든 억압에 저항해왔다. 2016년 7월 쿠데타 세력에게 "은밀한 메시지"를 보냈다는 혐의로 체포되어 기소되었고, 2018년 2월 정부 전복을 시도했다는 죄목으로 '가석방 없는 종신형'을 선고받았다. 이에 2018년 3월, 에르도안 대통령에게 노벨상 수상자 51명이 서명한 '알탄 석방 촉구 공개서한'이 전달되기도 했다. 지금까지 일곱 권의 에세이, 열 권의 소설을 출간했다. 우리나라에도 《감정의 모험》(이난아 역, 황매), 《위험한 동화》(이난아 역, 황매)가 번역 출간되었다.

영문 옮긴이..야스민 총가르 Yasemin Çongar

언론인, 편집자, 에세이스트이자 번역가. 이스탄불에 소재한 독립 언론을 지원하는 비영리 플랫폼 'P24'의 공동 설립자이자 운영자이다. 또한 온라인 터키 문학 리뷰 매체인 《K24》와 이스탄불문학관의 공동 설립자이기도 하다. 총가르는 터키어로 네 권의 책을 썼다.

옮긴이..고영범

평안북도 출신 실향민 부모님 밑에서, 1962년 서울에서 나고 자랐다. 대학에서는 신학을, 미국에서 다닌 대학원에서는 영상 제작을 전공했다. 이런저런 다큐멘터리와 광고, 단편영화를 만들었다. 〈태수는 왜?〉, 〈이인실〉, 〈방문〉, 〈에어콘 없는 방〉, 〈서교동에서 죽다〉 등의 장편희곡과 《레이먼드 카버》(아르테)를 썼고, 《시나리오 어떻게 쓸 것인가 1, 2》(민음인), 《레이먼드 카버: 어느 작가의 생》(강출판사) 등의 단행본과 또한 〈불안〉, 〈스웨트〉, 〈예술하는 습관〉, 〈오슬로〉 등의 희곡을 번역했다. 현재 미국에 살면서 집안의 실향민 전통을 이어가는 중이다.

나는 다시는 세상을 보지 못할 것이다

1판 1쇄 찍음 2021년 8월 20일
1판 1쇄 펴냄 2021년 9월 6일

지은이 아흐메트 알탄
옮긴이 고영범
펴낸이 안지미
편집 에디터스랩
디자인 안지미
제작처 공간

펴낸곳 (주)알마
출판등록 2006년 6월 22일 제2013-000266호
주소 04056 서울 마포구 신촌로 4길 5-13, 3층
전화 02.324.3800 판매 02.324.7863 편집
전송 02.324.1144

전자우편 alma@almabook.com
페이스북 /almabooks
트위터 @alma_books
인스타그램 @alma_books

ISBN 979-11-5992-347-0 03800

알마는 아이쿱생협과 더불어 협동조합의 가치를 실천하는 출판사입니다.

종이 표지_디프매트 멀버리 260g/㎡ 본문_전주 그린라이트 80g/㎡